見慣れた小さな保冷バッグを渡される。

確かこの中には弁当と水筒が入っていたはず。

「……食えってこと？」

「ううん。私に食べさせて」

渡された箸で卵焼きをつまんで
神崎の口元に持っていく。

それを言い出しっぺである神崎は
何の躊躇もなしに咥え込んだ。

クラスで一番の彼女、実はボッチの俺の彼女です

高校一年生
姫島かぐや
中学の頃からの誠司の後輩。誠司にだけはテンション高めな小動物系。
「俺は嫌いなやつの前で
普通に振舞える程、
器用なやつじゃない」
高校三年生
波盾すみれ
クール系美人の生徒会長。文芸部廃部の危機に、さりげなく誠司をサポートしてくれる。
高校二年生
篠宮誠司
「青春」という面倒くさいしがらみから逃れるための選択ボッチ。文芸部の唯一の部員。実は甘え下手な琴音の彼氏。

高校二年生
舞浜　凛
琴音の親友で、一緒にサッカー部マネージャーを務める。見た目通り勝気だが、琴音のことを大切に思う優しいところも。
「私は篠宮の前でしか、そういうのしないから大丈夫だもん」
高校二年生
神崎琴音
成績トップでサッカー部のマネージャー。そのうえ高校生モデルと、超ハイスペックな高嶺の花。実は甘えたがりで誠司の彼女。

「……男の子って
やっぱり大きい方が好きなんだね」
神崎はモデルということもあり、
スタイルにおいては女子高生の中でも秀でているが、
胸囲の戦闘力はそれほど脅威ではない。
唯一の欠点らしい欠点とも言えるからか、
実は当の本人はかなりコンプレックスを抱いているのだ。
そこをこれらのラノベが刺激してしまったらしい。
厄介なことをしてくれたもんだ。

# クラスで一番の彼女、実はボッチの俺の彼女です

七星 蛍

角川スニーカー文庫

22020

Class de ichiban-no Kanojo,
Jitsuha Bocchi-no ore-no Kanojo desu.

# contents




口絵・本文イラスト　万冬しま
口絵・本文デザイン　林健太郎デザイン事務所

# プロローグ

人には得手不得手がある。スポーツであったり、勉強であったりと学校というこの一つの小さな環境においてもそれは変わらない。俺——篠宮《しのみや》誠司《せいじ》の場合もそうだ。

同級生とどうでもいい話で盛り上がったり、部活に精を出したりという世間一般で語られる「青春」がただ自分に合わなかっただけ。だから今、こうしてボッチという状況が出来上がったのも必然と言える。

しかし世の中には陰と陽、闇と光のように正反対のもの同士が存在しており、学校におけるスクールカーストも例外ではない。俺を底辺層であるボッチと称するならば、彼女はトップカーストといったところか。こういう時にボッチが闇属性扱いなのは宿命。そのうち魔王適性とかもらえそう。

「やっぱ何時間授業を受けても慣れないな！　あの神崎《かんざき》さんが同じクラスなんて。しかも隣の席ときた」

「わかる。俺なんて去年同じクラスでも、まだ話す時に緊張してる」

「オーラが違うもんな。さすがはモデルだよ」

「なのにそれを鼻にかけてない態度！　誰にでも優しい性格と慈愛に満ちた笑顔！　まるで天使だね、天使」

「付き合ったら意外と尽くしてくれそうなのもいいよな。……まあ、手が届かないところも含めて、天使だけど」

「所詮、俺たちは堕天してくるのを待つしかないのか……」

「だな……」

後方の席に集まった男子生徒たちの会話が途切れた。テンション上がったり下がったりと忙しいやつらだな。それと堕天して悪魔になっちゃったら本末転倒だろうが。

進級してから一週間が経《た》った程度のため席替えはされておらず、席順は名前順のままだ。か行とさ行ということで、例の人物は俺の右斜め前方の席に腰掛けているのだが、その周りには複数の生徒の姿が見受けられる。俺の席付近と比べるとまるで温度差で結露が出来てしまうレベルだ。

彼女の名前は神崎琴音《ことね》。話に頷《うなず》くたびに揺れるセミロングの栗色《くりいろ》の髪に、横顔であってもその整った目鼻立ちは目を引くもので、高校生モデルであることを象徴している。

加えて成績面も優秀だ。首席で合格し入学式で壇上に上がっていて、そこから一度もその座を他人に譲ったことはない。はっきり言って人間として出来が違う。『天は二物を与えず』なんて言葉があるが、結局神様は嘘《うそ》つきだったのだ。そのしわ寄せがこっちに来てんだよ、クソじじいども。

さっきの男子生徒が言うように、神崎は誰にでも優しく、気さくに話しかける。でも結局それは偶像の神崎の姿であって、誰にとっても——もちろん俺にとってもそれは高嶺《たかね》の華のものに過ぎないのだ。

——あくまでも表では。

様子を窺《うかが》うのをやめ、腕を枕にして次の授業まで……いや、なんならその授業が終わるまで寝ようとしていたところを振動が襲った。

その正体は引き出しの中に入れていたスマホ。どうやらラインでメッセージを受信したらしい。

『寝ちゃダメ。今寝ると篠宮絶対起きないからね』

ファイトという内容のスタンプと共に送られてきたメッセージ。

その差出人は現実でも、周りの話に同調しながらもバレないように、こちらにウインクをかましてきた。相変わらず超器用。ノールックでどうやってメッセージ打ってんだよ。

——神崎琴音は俺の彼女である。

# 第一話❤俺だけが別の彼女を知っている

午前最後の四時間目の授業が終わり、昼休みを知らせるチャイムが鳴ると葬式会場のような静けさは吹き飛び、教室は一気に賑《にぎ》わいを見せる。

食堂に急ぎ向かう者や、友達と集まり机をくっつけ始める者など各々行動が違い、眺めているだけでも退屈しない。ボッチの場合、休み時間にすることが読書と勉強、そして人間観察くらいしかないのだが、これはこれで面白いから気に入ってはいる。

「……ねむ」

あんなメッセージが神崎《かんざき》から届いたら寝られるわけがない——なんてことはなく、睡魔に従い普通に寝た。それでもまだ眠気が残っているのは、サインやらコサインやらによって睡魔が強化されたからだろう。ほんと、あいつらいつ使うん？

「数学わけわかんなかった〜。琴音《ことね》教えて〜」

「え〜、授業はちゃんと聞いてたの？」

「ちょっと寝ちゃった」

「もう、しょうがないな」

神崎の席を訪れた金髪ツインテールの女子生徒も俺と同じ授業の過ごし方をしたらしい。結論、寝た俺ではなく数学が悪い。

彼女の名前は舞浜凛《まいはまりん》。クラスメイトの名前を碌《ろく》に憶《おぼ》えないことに定評のある俺ですらその、まるでアニメなどに出てくるキャラクターのような派手な髪型のインパクトが強すぎてその名を憶えてしまった。

とはいえ、今年から同じクラスだ。何かと神崎の周りにいることが多く、名前呼びに加え神崎も特に親しくしてるイメージだが、それ以上は特に知らないし、知ろうとも思わない。

教科書を開き舞浜に寄り添う神崎の表情は余裕そのものではあるものの、教えるという作業上もう少し時間がかかるだろう。いつも通り、今日も俺が先らしい。

一人で過ごすことが基本である俺は大勢が生み出す騒がしさがあまり好きではない。そのため昼休みに教室はもちろんのこと、多くの生徒が利用する食堂に足を自ら運び過ごすことは滅多《めった》になく、一年生の頃から昼食はそこらから離れた場所に位置する、俺が所属している文芸部の部室でとっている。そして途中からは神崎も一緒に。

彼女の横顔から視線を外し弁当を手に持つと、そのまま騒がしさとの縁をひとまず切るべく教室を後にした。

…………………♥…………………

俺と神崎が付き合うことになったきっかけは去年の九月、高校生になって初めての文化祭だ。青春の一大イベントと言えるが、ボッチの俺としては平日となんら変わらない認識でいたこともあり、俺は文化祭の係として一番楽な装飾係を選び、一週間の準備期間を迎えた。

もちろん係というくらいなので俺以外にもメンバーはいたのだが、彼らは初日から仕事をさぼったのだ。いや、さぼったというより実際は確かこうだったか。

「今日から準備期間らしいけど、正直三日とかあれば十分じゃね？　俺器用だし」

「それに関しては賛同しかねるけど……確かにそうだよねー。うちらもそんな話してた」

「おしっ！　じゃあカラオケでも行きますか！」

「『さんせーい！』」

みたいな感じ。

勝手にさぼったわけではなく、予定を自分たちの利が増えるように組みなおしただけマシだと思うだろう？　残念無念。青春の二文字の前では本分が学びのやつらも頭がお花畑になるのである。

というのも、確かに彼らの言う通り教室内の飾りつけだけで考えれば、想定した通りの三日で済んだだろう。

そう。教室外の飾りつけもあったのだ。何せクラスで決まった出し物はカフェ。客を呼び込むために外装が重要だということは、実際にカフェに客として訪れている俺たちがよく知っていることだろう。詳細に言えば俺はオシャレなカフェとやらにお世話になったことなどないが、タピオカタピオカ言ってるあいつらなら思いついたであろうに。

それを計算に入れれば、最初に余りとして出てきた日数は二日ほど減るのだが、その時のメンバーの様子を見るにそのことに気づいているのは俺だけだった。

ここまで言えば察してもらえると思うが、俺は一人で残り作業をした。

ボッチである俺は基本的に物事に一人で取り組んでいるのだが、それはあくまでも一人でもできることに尽きる。裏を返せば、一人でできないようなことはまずやらないのだ。

だってそうだろう。複数の人でやることが前提のものに一人で挑むなど愚の骨頂。ゲームと同じように、マルチ専用のミッションにはソロでは挑めない。

故に彼らを引き留めようとした。俺は人より飛びぬけて器用ではなく、一人で、二日分にもなる外装の装飾など不可能とわかっていたから。

しかし難儀なことに、一人でできないような状況に立ったことすらなかった、自ら避けていた俺はいざその状況に立たされた時、頼り方がわからなかったのだ。

結果彼らをそのまま帰らせてしまい、このままでは準備が終わらないということをただ一人気づきながらも帰ることに罪悪感を覚えた俺は、結局無謀にもマルチ専用のミッションにソロで挑みだした。そんな時だ。

教室の扉がガラリと開き——ジャージ姿の神崎が現れた。

『あれ、篠宮《しのみや》くん一人？』

『……ああ』

そういえばその時はくん付けだった。

俺は当時も神崎のことを自分とは正反対の人間と認識していたが、今と同じように別に嫌悪の対象でもなかった。ひえー、こんなやつもいんのかーみたいな感じだ。

それでも流石《さすが》に、神崎の次の言葉を聞いた時は驚きを隠せなかった。

『なるほど。やっぱり頼り方がわからなかったんだね』

と何食わぬ顔で言ったのだ。

あの状況、普通であれば続くのは『ほかの人はどうしたの？』とかだろう。まるで俺の考えや行動を把握しているような口ぶりで言われたので、本気で人の心が読めるのかを疑ったわけだが、そんなことはない。神崎は異能力などを持たないただの人気者だ。

きっと聡明《そうめい》ゆえの勘の良さがうまい具合に働いたのだろう。当時の俺は動揺のし過ぎで理由など気にもならなかったが。

「私でよければ手伝うよ」

「あ、ああ……ありがとう」

それでも、自分がどうしようもない状況で隣に立ってくれた人は初めてだった。

接点がない俺たちだったが、その日から二日間。神崎と俺は二人で外装の作業に取り組んだ。装飾係ではないにもかかわらず手を貸してくれた神崎の器用さがずば抜けたものであり、日数的な問題がなくなったのに加え、実際に関わってみると二人の時間は楽しいものだということがわかった。

そのため文化祭が終わって少し経《た》った後に、神崎が昼休みに文芸部室を訪れるようになってても自然と受け入れることができたのだろう。どうやってそこにたどり着いたのかは未《いま》だ不明だが。

そして今からおよそ一か月前の終業式の日。

『私たち……付き合いませんか?』

『………プリーズリピート』

神崎と接点を持ってから約半年の月日が流れ、彼女の存在は俺の中で確かなものとなっていた。そんな状況での、突如としたあちらからの歩み寄り。緊張によるものであろう、敬語での告白に俺の頭は追いついていなかったのだ。世界のどこを探しても告白を繰り返させようとするやつはいないだろう。いっそ武勇伝かもしれない。

そしてその次に言われた『……絶対言わない』で色々察したことは記憶に新しい。


…………………♥…………………


一文化部にしては広めの室内に、壁を隠すように配置された本棚。まるで図書室の一部だけを切り取ったような様相となっているためか、落ち着いた雰囲気に満たされている。まさに侘《わ》び寂び。千利休《せんのりきゅう》だってここがお気に入りとなるに違いない。

「あいつ、遅いな」

昼休みが始まってから約十五分、俺が教室を退室してから約十分が経とうとしているにもかかわらず、神崎は未だここに顔を出していない。意外と教えることに苦戦しているのかもしれない。舞浜のやつ何してくれてんだよ。おかげで俺弁当食えないんだけど。揃《そろ》ってからいただきますが身に染みついてるあたり、マイマザーの教育は間違ってないね。ボッチになっちゃった点はノーカンで。

時計を睨《にら》みながら、侘び寂びとは無縁であろう金髪を持つクラスメイトに向けて不満を募らせていると、ついに引き戸がガラガラと音を立てた。今回に関しては神崎は悪くないはずだ。よってここは大人の対応が求められる。

「お疲れさん。遅かったな」

「……ふん」

俺の労《ねぎら》いを込めたお迎えにぷいっと顔を逸《そ》らした神崎。あら幼くて可愛《かわい》らしい……ではなく。

「……怒ってらっしゃる？」

「どうだか」

どうなんでしょう。質問を変えてみよう。

「理由の方は？」

「考えてみたら？」

やっぱ怒ってんじゃないですか……。

あと出たよ自分で考えろ。考えてもわからないから聞いてんのに教えてくれないやつ。そのくせ、自分で出した考えをもとに行動すれば、違うだの的外れも甚だしいだの文句をもらう。……詰んでるんだけど。この人生においてのバグは一体いつになったら修正されるのか。

しかし、そう思いつつも今回の場合は心当たりがある。深く考えるまでもないな。

「人によって理解度が違うんだ。教えたことが浸透しないことにもどかしさを感じて、怒っても仕方ないだろ。舞浜よりお前が頭いいんだし、そこは汲《く》んでやれ」

なんで結果的に俺が舞浜のフォローに回らなくてはいけないのかが謎だが、このまま機嫌が直らないのはめんどくさい。優しい笑顔と慈愛に満ちた笑顔は何処《どこ》に置いて来たんだよ、この天使は。

「は？　何言ってんの？　まるで私が凛に怒ってるみたいに」

「え。……違うの？」

「そんなことで親友を怒るほど、私は小さな人間じゃないよ。にしても……ふーん。篠宮は私のことをそんなやつだと思ってたんだ？」

あ、親友だったんだ。ならあの距離感も納得だね！　……どうしよ。不本意ながらも油注いじゃった。

神崎は入り口付近にあるパイプ椅子を摑《つか》むと、長机のちょうど俺と対角に当たる場所に置いて腰を下ろした。俺と最大の距離を置くことが目的なのだろう。てことは俺が短辺に席を移動させれば、ドラマとかで見るお金持ちの食卓みたいになるんじゃね？　あの常に気まずそうな雰囲気も今回に限り再現可能である。……現実逃避してる場合じゃないわ。

「いや、そうは思ってない……ていうか他にどんな理由があるんだよ？」

「さあ？　胸に手を当ててみればわかるんじゃない？」

「俺ってことは明言してんじゃねえか」

どうしようもないので自分に問いかける。返ってくるのは鼓動のみで感触はもろ板。夢なんて詰まってない。

「……駄目だ。全然わからん」

そう俺がぼやくと神崎はおもむろに立ち上がり、今しがた決めた席をそこの向かいに移動させた。つまり俺と同辺だが、距離自体はあまり変化がない。

「人がせっかく『寝るな』って忠告したのに、無視したじゃん」

「あー……え？　そんなことで怒ってたの？」

拍子抜けな内容に思わず問い返す。十分小さくないそれ？　人の器量の基準がわからなくなってきた。

「何その反応。した側はわからないだろうけど、無視されたって事実は意外と傷つくんだから」

「睡魔に勝てないのが人間なんだから仕方ないだろ」

「私の『ファイト』は所詮アデノシンには及ばないって言いたいの？」

「拗《こじ》らせんな。あと何その理科系で出てきそうなやつ」

「睡眠物質。まあ、寝てた篠宮が知ってるわけないか」

「さっきの授業数学だろうが。それと寝てたこととの関連性はないだろ」

「言い間違えた。文系科目だけの篠宮だ」

だけの部分を強調した神崎。うわ、今すげえ馬鹿にしてる顔してたぞ。これは堕天してると言ってもいいのでは？　さっきの男子どもに見せてやりたい。

「だいたいなんで俺が寝てたこと知ってんだよ？　お前の席俺の斜め前だろ」

「そんなの見てたからに決まってるじゃん」

「いや、授業中だから。寝てた俺が言うのもなんだけど、授業聞けよ。黒板見ろよ。なんで『そんなこともわからないの？』みたいな見下した反応ができたんだよ」

舞浜にも「え〜、授業はちゃんと聞いてたの？」って言ってたくせにである。高度なブーメランだったのか。

「私、教科書見ればだいたいわかるから」

「……このギフテッドが」

首席様には俺たち平民の常識は通用しないらしい。なるほど。だから俺もたまに教科書読んでもわからないところがあるのか。それはしわ寄せじゃなく努力不足。

「あーどうしようかなー。このままじゃ機嫌が悪いまんまだー」

ちらちらと意味ありげにこちらを見やる神崎。棒読みといいわざとらしすぎる。前に出て生徒が静かになるのを待ってるタイプの校長ですら、もうちょい感情隠すぞ。

「言うこと聞いてもらわないと直らなそうだなー？」

ついには随分と大きな独り言に疑問符が付いた。つまりはそういうことだ。

「……何をすればいいんだ？」

お望み通り問うてやると、神崎がにやりと笑みを浮かべる。めんどくさ。

「まずはこっちに来て」

「……了解」

言われるがまま椅子ごと立ち上がり、神崎の右隣に向かった。

「はいこれ」

見慣れた小さな保冷バッグを渡される。確かこの中には弁当と水筒が入っていたはず。いわば神崎のランチセットだ。

「……食えってこと？」

「ううん。私に食べさせて」

「いや、渾身《こんしん》の冗談につっこめよ。お前の弁当なくなっちゃうところだった………今何て？」

あはは、なんて笑ってる場合ではないものが聞こえてきた気がする。

「食べさせてって言ったの」

神崎は俺に渡したランチセットから二段弁当と水筒を取り出し、机に置いてからそう言ったものの、俺の方は包みが開かれ「はい」と箸を渡されたところでようやく現実味を帯びてきた。ええ……ほんとにやるのかよもとい、やらせるのかよ。

「お腹《なかす》空いてるから早くしてよ」

「俺も空いてるんだけど」

「なら尚更《なおさら》だよ。ほら、食べさせないと食べれないよ？」

「……放棄の線は？」

「なし。だって篠宮が提案したことだもん」

「ですよね……」

あくまでも神崎は独り言を少々大きめのボリュームで発していただけ。体裁的には神崎の言ったように俺が提案したことになっているのだ。俺が二の足を踏むことを予測しての独り言とか超卑怯《ひきょう》。俺の天使のような優しさを手玉に取りやがって。おかげで俺は育児中のお母様方と同じ状況に立たされてしまっている。……やるしかないか。

とりあえず弁当の蓋を開けると、卵焼きやポテトサラダを始めとする様々なおかずが目に飛び込んできた。腹に何も入っていない状態なので否応《いやおう》なしに食欲がそそられる。

「じゃあ、まずは卵焼きで」

「……はいよ」

渡された箸で卵焼きをつまんで神崎の口元に持っていく。それを言い出しっぺである神崎は何の躊躇《ちゅうちょ》もなしに咥《くわ》え込んだ。自ら申し出たとはいえ、こいつに餌付けされることに対する人間としてのプライドはないのか。

「うん！　今日もよくできてる。あ、この卵焼きね……なんと私の手作りなの！」

「へー」

自然と弁当箱内にたたずむそれに視線が向かう。焼き目は程よくついており、形は崩れていない。素人目で見ても、よくできていることがわかる。

「そんなにじっくり見ちゃって……もしかして食べたいの？」

「いや、別にそういうわけじゃ」

「こういう時くらい素直になればいいじゃん。彼女の手作り料理が食べたいっていうのは、そうおかしくない願望だと思うよ」

「自分の弁当をまず食べたいっていうのも、そうおかしくない願望だよな？　むしろ当然だよな？」

神崎は俺の言い分に耳を貸すことなく、いつの間にか俺の手から抜き取っていた箸で卵焼きをピックアップ。空中に持ち上げていく。人の話を聞け。

「はい、あーん」

またも少しの躊躇《ためら》いも見せずに、卵焼きを俺に近づけてきた。余計な文言が気になるが、口に入れて咀嚼《そしやく》するだけだ。人としての尊厳を一瞬なくすより、この状態がずっと続く方が不利益となる。ここは黙って指示に従おう。控えめに、けれど卵焼きが入るくらいの大きさに口を開いた。

しかし卵焼きは俺の口まであと一歩というところで急ターン。再び神崎の栄養となったのであった。

「――なーんて。ふふ、これちょっとやってみたかったんだよね～」

「……よかったな。願いが叶《かな》って」

こういうやつだったことをたった今思い出した。こんな悪戯《いたずら》を平気でしてくるとか、一体どこら辺が天使に見えるのか。どっちかって言えば悪魔だろ悪魔。男の子の純情はもてあそぶものじゃありません！

「――むぐっ⁉」

「ちなみに食べても欲しかったよ？」

ため息をついた俺の口に最後の卵焼きを押し込んだ神崎は、にこりと楽しそうに笑った。悪魔と言っても小悪魔でした。よかったな、願いが叶って。俺の方は口が裂けそうになったから、出来れば手ずから食べたかったけど。……ていうか間接。

「どう？」

「どう……？　いや、え、どう？」

自然とその艶めいた唇に目が向く。まさか感想を聞かれるとは思わなかった。この場合における紳士的な回答なんて、ジャパニーズの俺は持ち合わせてない。ヘルプ！　グーグル先生ヘルプ！　内心で渦巻く焦りを隠しきれていなかったのか、答え探しに奔走する俺を前に神崎がくすっと笑って見せた。

「味だよ、味。ちゃんと美味《おい》しいかなって。それはそうと、なんだと思ったのかな～？」

「……何でもねえよ」

絶対わかってるよこいつ。しばらく特定の箇所を眺め続けた俺が悪いんだけども。詰められた距離を椅子を引くことで元に戻しつつ、今度こそ質問に答えることにした。

「美味《うま》い。個人的な味覚だけど、甘さ控えめだから食べやすいな」

「そりゃそうだよ。いつ篠宮が食べてもいいように、そういう味付けにしてるんだから」

「なんで俺が主体なんだよ……」

「ふふ、料理上手な彼女でよかったね」

「自分で言っちゃうなら差し引きゼロだ」

「マイナス点高くない⁉　要因と比例してないんだけど！」

「自画自賛するようなやつは陰で嫌われるからな。小中と、何度もそういうやつを見てきた」

「生々しい話はやめてよ⁉」

ボッチという立場上、誰もが俺を気にすることなく目の前でその場にいない自慢話の多いクラスメイトに対しての愚痴を吐いていた。誰が日陰者だ。しかしあれは人間不信になるくらいだった。お互いを嫌っているにもかかわらず、表ではにこにこと振舞い合ってんだぜ？　恐怖通り越して、いつ崩壊するのかのスリル感を勝手に味わってしまうレベル。

若干エンジョイすんな。

「私は篠宮の前でしか、そういうのしないから大丈夫だもん」

「俺に嫌われる可能性はないのかよ」

「…………うそ」

俺の言葉に目の前の余裕そうな表情が一瞬にして崩れる。箸も落としそうになったので
その前に回収した。

「いや、冗談だって。俺は嫌いなやつの前で普通に振舞える程、器用なやつじゃない」

「そ、そうだよね。なんならどうでもいい人とも普通に接せてないもんね」

「……一言余計だ」

勢いとはいえ天然物の毒を吐くな。悪意が込められてないから余計たちが悪いわ。


繰り返し神崎の口元に弁当の中身を運んでいくこと二十分。ようやく神崎の食事が終わり弁当箱が机から片付いた。てか一時間あった昼休みがもう半分切ってんだけど。まだ俺の弁当食ってないのに。

「やっとだ……」

弁当を机に広げつつ、謎の達成感に浸る。当たり前のことが当たり前にできるっていうありがたさを人類は胸に刻んでおくべきだと思う。弁当で気づくとかスケールが小せえ。

「食べさせてあげようか？」

「やめとけ。沼に嵌《はま》るぞマジで。ていうかお前と違って俺は自分で食べられる」

「いや私も別に自分で食べられるんだけど⁉」

スッと隣の席から覗《のぞ》き込《こ》んできた神崎の提案を迷わず拒否する。餌付けは意外と時間がかかることを身をもって味わったがもう一つ。やり続けると優越感に嵌っていくから安易にしない方がいい。

「まあ、そういうことなら私は昼寝するから、篠宮は関係ないね」

「昼休み終わるくらいには起こすから好きにしてろ」

食事後は誰であれ眠くなるものだが、授業で眠らないことを意識しているあたりしっかり優等生だ。俺ならしっかり五時間目に寝るというのに。しっかりとは。

「――じゃあお言葉に甘えて」

そんな、まるで悪戯心に満ちた笑みがくっついていそうな声と共に左肩に重さが加わった。首筋をくすぐったさが襲う。

「……関係ないって言ってませんでした？」

「うん。篠宮が弁当を食べようと食べまいと関係なく、私は篠宮を枕にする。何一つこの状況に不可解な点はないと思うけど？」

「日常会話に叙述トリック組み込むのやめてくれない？」

わかるわけがない。きっとあの殺人事件が日常になってる小学生探偵でも騙《だま》されてんぞ。

「それにこのままだと食べにくいんだけど」

左腕の可動域が限られてしまっているため、弁当箱を持つことができない。肩組とかなら食えたんだけどな。神崎はそんなギャルみたいなキャラではないので、起こりうるはずがないが。

「じゃあ食べさせてもらう？　私としてはどっちでもいいけど」

「……わかったよ。もう俺は枕だ」

「それでよろしい」

降参とばかりに自らに自己暗示をかける。しかしそれはあくまでも俺に対してだけ。自分では羽毛のつもりでも、使用者にしてみれば人骨と凝り固まった筋肉でしかないのだ。

「少し硬い」

「ほっとけ。ストレス社会で凝りがほぐれないいんだよ。ていうか嫌ならもう一脚あるから椅子でも使え」

「ううん。落ち着くからこれでいいよ」

「めんどくせえクレーマーだな。……これのどこが尽くしてくれそうに見えるんだか」

「何か言った？」

「いいや。独り言だ」

「ふふ、なんか似合ってるね」

「……喧嘩《けんか》売ってんのか」

この会話を最後に部室には再び静寂が訪れたが、俺の耳元では寝息が聞こえていたためその限りではなかった。

結局弁当は、残して妹に怒られるのも嫌だし、お腹が空いていたこともあり放課後の文芸部室で一人で食べた。あれはあれで『孤独のグルメ』感が出るから好ましいよね。おかげで独り言スキルが高くなる。……使い道ねえ。

# 第二話❤彼女だけが俺の扱い方を知っている

「時間がいい感じに余ったので、ちょうどいいからこの時間に休み明けテストの結果を返そうと思う」

次の日の四時間目。時計の針が終了時刻より手前であることを確認した現国担当兼担任の先生——糸井香純《いといかすみ》は高らかにそう宣言した。長めのポニーテールがふわりと教壇上を舞う。他人事《ひとごと》だから楽しそうだなー。

途端にクラスがわっと騒がしくなるが、それを気にする素振りもなく先生はテスト結果が記されているであろう横長の短冊を取り出した。

ふ、テスト返却ごときでわーわーとみっともない。

動かざること山のごとしを体現する俺はそんなことで動じないのだ。ボッチの場合、静かなること林のごとくも当てはまるから、このクラスの中で俺が一番武田信玄《たけだしんげん》に近いと言える。ここ、甲斐《かい》の国でも山梨でもなくて埼玉だけど。

「先生！　このクラスで一番は誰ですか！」

教室後方の生徒が先生に質問を投げかけた。おいおい、テストは自分との競争だぞ。他人と比較したところで何の意味もない。ていうか普通にプライバシーの侵害。だから俺の代わりに言ってやれ先生。

「向上心があるのはいいことだ。良かろう、定期テストではないので特別に発表してやる」

ええ……今の質問をどうして向上心って捉えちゃうの？　どう聞いてもただの興味本位だろうが。やっぱり楽しんでるよ、あの人。……できれば発表はやめて欲しかったんだけど。

「では発表する。このクラスで一番。そして――学年でもトップの成績を取ったのは神崎《かんざき》琴音《ことね》だ」

生徒の名前がそうさせたのだろう。クラスは再び盛り上がりを見せる。

「神崎は先に取りに来てくれ」

「わかりました」

「この後は名前順に男子が続けよー」

返事をした神崎は、まるで一種のイベントのランウェイのようになった教室の中を、付近の席に座るクラスメイトの称賛に答えながら歩いていく。

「やっぱすげえな〜神崎さん！　あの容姿で勉強もできるとか反則だろ！」

「まさに完璧美少女だよな！　同じクラスになれただけで人生の最高の思い出になるわ」

そんなクラスメイトの会話が騒ぎの合間を縫って俺の耳に届いた。安いな最高の思い出。君の人生はまだ始まったばかりだよ！

とはいえ彼らの言い分ももっともだ。神崎の場合、異世界転生系ラノベよろしく、スペックをステータスとして表示すればおおよそすべてが最高ランクだろう。

短冊を受け取り自らの席に戻る神崎と目が合った。すると一瞬だけにやりと口角が上がる。そして次の瞬間。

——明らかなどや顔で成績を俺に見せつけてきた。

といってもそれは自然な動作の中で行われたもの。今のように認識したのは、クラスできっと俺だけだ。……むかつくな。お前は日本人の美徳である謙虚さをなくしたのか。こうなるから発表はやめて欲しかったんだよ。

「次は篠宮《しのみや》」

怒りをぐっと抑えつけて教卓に向かう。俺ってばすげえ大人。

先生から短冊をもらおうと手を伸ばすと、ひょいとそれは俺から逃げるように先生の胸元に向かった。紙でも大きいのには寄って行っちゃうのかしら。男と一緒で意外と単純だな。

「ふむ……だいたいいつも通りだな。現国でクラス、学年共々二位というのは、担当としては褒めてやりたい」

「どうも。俺褒められると伸びるタイプなんで、さっきみたく発表してくれてもいいですよ」

「ふん、お前の場合調子に乗る、の方が正しいだろ。それに理系科目を取れるようになってから言うことだな。これは担任としての意見だ」

「……わかりました」

突き放すような言葉と共に短冊を受け取った。

最近、誰も冗談につっこんでくれない。まあ、今に始まったことじゃないから気にしてないんだけどね。

自分の席に戻る途中、俺の現国の順位を一つ下げた張本人を軽く睨《にら》みつけた。結果どや顔であしらわれました。


……………❤……………

昼休み。いつも通り文芸部室で神崎を待っていると、引き戸が音を立てて開いた。

「いや〜勉強ができるって大変大変。一位の成績表が見たいってことで、席の周り囲まれちゃって抜け出すのに苦労しちゃったよ」

「……まるで自己顕示欲の塊だな」

「遅れちゃった☆」だけで済ませればいいものを。少しは謙虚になって欲しい。

「もちろん、篠宮の前でだけね」

神崎はそう言うと、パイプ椅子を今度は俺の向かいに置いた。ここでの席配置は神崎の気分によってころころ変わる。規則性などは未《いま》だに不明。何しろ文系だからね！　理由にはならないんだよなぁ。

「成績はどうだったの？」

にやにやしながら訊《たず》ねてきた神崎。粗方見当はついているのだろう。いちいち口頭で説明するのはめんどくさいのでポケットに入れておいた短冊を渡す。

「へー、やっぱりさすがだね。国語は」

「二位だけどな。二位」

語気を強めた。初めてのことではないから別に恨んじゃいない。ほんとだよ。

「ふふ、一位は誰なんだろうね〜？」

「……さあな」

先に下りた方が負けな気がするので、茶番の舞台に付き合うことにした。何の勝負だ。

「それで数学は――ふふ、相変わらずだね」

「ほっとけ」

俺たちが通うこの学校――稜永《りょうえい》高校は全校や学年でテストの成績を開示することはないものの、神崎は俺の成績の詳細を知っている。というのも去年の半年間もこのように食事を一緒にしていたのだ。話題がないことが通常運転なのがボッチなので、学生として馴《な》染み深《じぶか》い勉強の話も何度か経験したに決まっている。

「まあまあ、そんなことを言わずに。今あなたの目の前にはどんな人がいますか？」

「あーはいはい。超かわいい完璧美少女がいるよ」

「………………」

「……何だよ？　急に黙って」

「いや、えっと……突然褒めるのはずるくない？」

「は？　そういう返しが欲しかったんだろ？」

自己顕示欲を少しでも満たしてあげようとする俺なりの優しさよ。なんでこれで友達いないんだろうな。多分こういうところが原因の一つ。

「……と、とりあえずそんな感じでいいよ！　うん！」

「何だよ慌ただしいな。いつも余裕な神崎さんらしくないぞ」

「誰のせいだと思ってるのかな……？」

「自業自得だろ。俺に押し付けんな」

　このまま話をずっと続けていれば、何のための昼休みかわからなくなるため先に弁当を机の上に広げた。なぜか不服そうな視線をこちらに向けつつ、神崎もあとに続く。

「それでそんな完璧美」

　言い出したところで恥ずかしさを感じたのか、途中で咳《せき》ばらいが挟まれた。謙虚さはなくても恥じらいはあったらしい。

「……何笑ってんの？」

「いや、自己顕示欲って自分で満たせないからこそ存在するんだなって、今のお前見て合点がいった」

「人を哲学を語る引き金にしないでくれるかな？　ていうか、さっきからの振舞いは身内ネタっていうか……冗談のノリに近いからね⁉」

「もちろんわかってる。ただ、冗談を冗談として処理されない時の何とも言えない気持ちを、味わってもらおうと思っただけだ」

「逆恨みだった⁉」

現代における犯行の動機のほとんどが逆恨みなのだ。今更行動原理として珍しいことでもない。そう考えると周りとの関係を絶っているボッチはセキュリティ面超安全。流行《はや》らせようぜ。

「それで、さっきから中断しまくってる話はなんだ？」

「まるで自分はそれにまったく関与してないみたいに」

少し刺激すれば文句が出てきそうな視線を俺に送った後、神崎は一つ深いため息をついた。実はため息には体を落ち着かせる効果があるらしい。だから「ため息をつくと幸せが逃げるぜ」とか言ってそうなチャラチャラしたやつは落ち着きがないのか。かわいそうに、情報リテラシーが足りなかったんだな。

「この学年で一番勉強ができる首席の女の子が目の前にいるんだよ？　しかも自分の彼女。こんな状況に自分の成績を照らし合わせれば、自然と言葉が頭の中に浮かんでくるでしょ。はい、せーのっ！」

「俺みたく偏りが出ないように、これからも文理の両立を頑張ってくれ」

「あ、うん。気遣ってくれてありがとう……じゃないよ！　なんで私が主体なの⁉」

さすがはトップカースト。ノリツッコミはキレキレだ。こいつがクラスで盛り上げ役

——いわゆるムードメーカーに徹しているところは見たことないけど。

「卵焼きを俺主体で作ってるやつに言われたくない」

「……た、確かにそうだけど……今回は違うの！　篠宮視点の言葉が欲しいの！」

らしい。ということならば——。

「……数学を俺に教えてくれ？」

「イエス！　イグザクトリー！」

「それは英語」

「まあ、篠宮の頼みなら？　教えてあげてもいいよ？」

ご機嫌な様子でこちらの反応を待つ神崎。調子取り戻すの早いな。勉強には譲れない自信があるのか、優越感を全力で味わいに来たっぽい。ならば俺もその提案にも似た質問に答えるしかないだろう。

「いや、遠慮しとく」

「………え？」

「だから、別にお前に数学を教えてもらおうとは思ってない」

「……あ、あーなるほど。まだ本気出してないからってことか。もう、強がりなんだから！」

「いや、あれが全力。フルパワーだ」

俺は宇宙の帝王や、平穏に暮らしたいからと力を隠しているラノベ主人公ではない。勉強においても手を抜いたことは一度もないのだ。何今のフレーズ、我ながらかっこいい。結果ともなってないから何とも言えないけど。

「じゃあなんで断るの？　首席に直々に教えてもらう機会なんてそうないんだよ⁉　今、篠宮は一世一代のチャンスを棒に振ろうとしてるんだよ！」

「自己アピールしすぎだやかましい。理由なんて、数学が嫌いだからに決まってるだろ」

「意外とシンプル⁉」

「だいたい、苦手なものは克服するっていう固定観念が気に食わない。逃げるは恥だが役に立つも知らないのかよ」

「出たよ、捻《ひね》くれモード……。ていうか役には立たなくない？」

「細かいことはいいんだよ。それより、俺からもお前に確認したいことがある」

「ん、何かな？」

「今までこうして勉強の話題になることはあったが、その中で一度たりとも、お前は今みたいに教えることに執着したことはなかった。……何か他の理由があるだろ？」

途端神崎がびくりと肩を震わせた。しかしそのまま固まる姿勢をとり、結果俺との視線が交差する。茶番の舞台同様、下りるつもりは毛頭ない。

まるでにらめっこのように表情を固定し神崎の目を捉え続けた。……まあ、にらめっこ、やったことないんだけどね。相手がいなかったし。理由が悲しすぎる。妹くらい付き合ってくれても良かったんじゃないかな？

やがて神崎は降参とばかりにため息をつき、不満げに口を開く。

「……この距離でとか耐えられるわけないじゃん」

「お前意外と顔に出やすいしな。俺の予感が正しいことが確定したから粘らせてもらった」

「え、うそ」

信じられないといった様子でペタペタと自らの顔を触る神崎。この時点で何かとお察しなのは言わないでおく。

「それで何企《たくら》んでたんだ？」

「簡単なことだよ。実は今日部活が休みなの」

「サッカー部が？」

「ううん。正確にはマネージャーの私が。今日は仕事の担当じゃないんだ～。だから一緒に帰れるよ」

「了解。じゃあ文芸部も今日は休みにしとく」

「毎度のことながら、部長なのに公私混同していいの？」

「部員俺だけだしな。で、それとこれにどんな関係が？」

「唐突に篠宮の家に行きたくなったの」

「……ちょっと何言ってるかわからない」

いきなりドストレートを喰《く》らわされたくらいの衝撃。これにはメイウェザーもお手上げ。

「何もおかしなことじゃないでしょ〜？　今までとは違って恋人になったんだから」

意味深な言い方に思考を巡らせてみても答えは出てこない。それを汲《く》み取《と》ったのか神崎はそのまま続けた。

「実は今回みたいに勉強を教えるって名目で以前も篠宮の家に行こうと試みたことがあるの。でも無理だった。結局実行に移すことは諦めたんだ」

「今日思いついたわけではないのね。ていうかなんでだ？」

「だって、付き合ってもない子がいきなり家に来ようとするなんて嫌がられると思ったから」

「……なるほど。だから付き合って最初のテストが返された今日、その試みを実行に移したってわけか」

「そういうこと。でも結局断られちゃったからね〜」

よっぽど罪悪感を煽《あお》りたいのか、神崎は横目で俺をちらちらと確認してくる。何か勘違いしてるぞこいつ。

「頭のいいやつって無駄に物事を考えて遠回りすることがあるから、状況によってはたまに馬鹿になるよな」

「突然何言って……ってそれ私のこと!? 証拠を出してよ！ 証拠！」

「お望み通り。俺はまだ、お前が家に来ることを断った憶《おぼ》えはねえよ」

断ったのは数学を教えてもらうことだけだ。それも単純明快な理由で。

「……私が家に来るのは嫌じゃないってこと？」

「まあ、どう受け取るかはお前次第だな」

「じゃあ勝手に解釈しまーす」

神崎がどう解釈したのか。それが言葉として出てくることはなかった。


放課後。俺は教室に残り、日直の仕事を片付けていた。

糸井先生のクラスは名前順で男女二人一組で日直の担当になるのだが、本日俺のペアの女子は欠席（詳しくは部活で公欠）しているため今日一日、一人で仕事に勤《いそ》しんだ。

二人で行うのが前提となっているため、とても一人でやり切れるような量ではないが去年もなぜか、日直の時にほとんどの確率でペアの女子がいなかったので既に一人でこなすことに慣れている。神様はどうしても俺をボッチにしたいらしい。神様公認とか肩書が強すぎる。

「日直さーん。そこの隅っこ、まだ白いですよ～」

「やかましいわ」

「と言いつつしっかりと乾拭《からぶ》きする篠宮なのでした」

黒板掃除の場合、黒板消しに年季が入っているといくら綺麗《きれい》にしても粉が付着してしまうので雑巾で乾拭きする方が効率が良くておすすめ。誰得情報だ。

「ナレーションつけんな。てか、なんでまだここに残ってんだよ」

黒板に向き合いながら、顔だけを振り向かせ教卓に一番近い席に座る神崎を軽く睨《にら》んだ。確かそこは男子の席だったな。これ知ったらそいつは嬉《うれ》しさのあまり発狂でもしそうだ。女子が自らの席に座ることに何か、特別な意味を見出《みいだ》してしまうのが男という生き物である。

「ほかに誰もいないからいいでしょうが。あと、ペアが不在で何しでかすかわからない篠宮の監視」

「俺はそこまで問題児じゃない」

「『篠宮くんが掃除をサボってました』っと」

「日誌に嘘《うそ》を書くな」

「『四時間目の国語で、先生にバレないように篠宮くんがこっそり寝ていました』」

「おい馬鹿やめろ。本当のことも書くな。糸井先生に殺される。……ていうか今日はお前に書く権利はない。それも日直の仕事だ」

「ペアの子の代理を務めたことにすれば可能だよ。あと私の株がさらに上がる」

「お前はもうカンストしてるだろうが。なのに生贄《いけにえ》として、ただでさえ低そうな俺の株を下げないでくんない？」

「尊い犠牲でした」

「まだ死んでないです」

失礼なやつだな。黒板の清掃を終え、レーンに溜《た》まったチョークの粉をちり取りで集めていく。実はこれが一番過酷。なかなか思ったように取れないのだ、この粉チーズもどき。

「思ったんだけどさ、篠宮って結構綺麗好きだよね」

「いや、そういうわけじゃない。ただ普段の生活の名残というか癖というか……な」

「どういうこと？」

「家事の担当が掃除と洗濯なんだよ」

おかげで中学の頃、陰で掃除ガチ勢なんて呼ばれていた。この通り聞こえてるんだけどね。もっと気を遣える同級生が欲しかった。

「へー、分担してるんだ。家事」

「両親ともあまり家にいないからな。俺と妹で分担することにしたんだよ。ちなみに妹が炊事」

「料理できたら家事完璧男子だったのにね？」

「今頃モテてただろうにな」

「その性格でそれはないでしょ」

「……だから、冗談に付き合ってくれてもいいだろ」

そろそろ一人で漫才するまである。……需要ねえな……誰にも。

「私としてはこのままでいいけどね。ほら、料理でマウントとれるし」

「言っとくが俺だってチャーハンくらいは作れる」

「今時小学生でも作れるよ」

マジか。すげえな今時の小学生。……と思ったけど、うちの妹も小学生で大方の料理習得してたわ。俺の母さんが料理の腕は完璧に超されたって泣いてた。最高の親孝行だね！

……妹よ。お前には人の心がないのか。

ようやく粉を取り終え、乾拭きで仕上げた。あとは窓を閉めて日誌を糸井先生に提出すれば日直の役目は終わりだ。

そこでガタガタと椅子が引かれた音がした。横目で見やると神崎が立ち上がってカバンを肩にかけていて。その視線はじっくりと俺に注がれている。

——これが裏門で待ち合わせという合図。

「じゃあ、先行って待ってるね」

「……了解」

いつもと違い、なぜか言葉も加えられた。

軽快な店内放送が耳に馴染《なじ》んできているのを感じる中、俺はショッピングカートをゆっくりと押していた。理由は簡単。前を歩く二人が話しながらの移動のため、スピードを出せないのである。カートにも自転車みたいにベルが必要だと思います。……まあ、この状況はあってても使うに使えないが。

「——へー、琴音さんってモデルなんですか。道理でそんな綺麗なわけですね」

「美玖《みく》ちゃんに言われると恥ずかしいな……。でも、そういう美玖ちゃんだってすっごく可愛《かわい》いよ！　持ち帰って自分の妹にしたいくらい」

私服警官の方！　ここに犯罪者予備軍いますよ！

「私だって選択権があれば琴音さんの妹になりたかったです〜！」

「ちらちら視線送ってくんなよ。悪かったな。こんな兄を引いたお前の引き運が」

「中途半端な自虐だね……どうつっこんだらいいかわからないよ」

「放っておけばいいんですよ、琴音さん」

まるで子供に見せてはいけない存在に遭遇したお母さんのように、神崎を俺から隠す俺の妹——篠宮美玖。どうして俺が犯罪者みたいな扱いなんだよ。どちらかと言えばお前の腕の中のそいつだからな。しかもお前、ターゲットだぞ。

さて、どういう経緯で、俺の家に行く予定だった俺と神崎が妹の美玖と共に地元のスーパーに来ているのかと言えば、それこそ遭遇であった。

あれから裏門で合流した俺たちは最寄りの駅から電車に乗り、やがて無事に俺の家に到着したのだが、まさにその時だった。家から制服姿の美玖が出てきたのである。

「あ、お兄ちゃん。私今から買い物だけど…………誰その綺麗な人。美人局《つつもたせ》？」といった感じで、お迎えではなく夕飯の買い出しに向かおうとしていたことが判明し、なんやかんや神崎がついていくことを所望したので現状が生まれたわけだ。今の中学生って美人局も知ってんだな。仕掛け側の男がいないから、さっきの状況では意味として通ってないけど。言葉を使いたかっただけなんだな……。わからなくはない。

「そういえば、琴音さんはどうして私の名前を事前に知ってたんですか？　関わりがあれば、琴音さんみたいな人は記憶にずっと残ると思うので前会ったとかではないですよね？」

「実はね、美玖ちゃんの存在は篠宮から聞いてたの。だから名前だって知ってたし、いつか会ってみたいとも思ってたんだ」

「そうですか。……話題がないからって妹を話の材料にするなんてサイテー」

こちらに振り返った美玖の目は不満に満ちている。兄の威厳が十ポイントほどダウンした。ボッチなんだからしょうがないだろ。ていうか話題になることくらい快く受け入れろよ小せえな……。

「会ってみたいって思ってたってことは……家に行きたい理由にも繋《つな》がったりするのか？」

「さすが篠宮。私、一人っ子できょうだい……特に妹に憧れがずっとあったの。小さい頃に、サンタさんへのプレゼントとして妹を頼んだくらいにね」

「……程度の凄《すご》さは理解できたけど、ここ公共の場だからな？　生々しい話は慎め」

周りから小さい声で「ご両親頑張ったのかしら……」とか聞こえるんだけど。多くの夢を壊しかねないからやめて！　ここには小さなお子さんもいるんだよ？

「だから、こうして美玖ちゃんに会えて嬉しいんだ～！」

「ちょ、こ、琴音さん⁉　急に抱き着かれるのは……」

言葉とは裏腹に神崎の抱擁に満更でもない顔を見せる美玖。その証拠に頭に引っ提げたポニーテールが喜びを表すかのように揺れている。だから公共の場って言ってんだろ。これ見た人が百合《ゆり》趣味に目覚めたらどうすんだよ。

そもそも、なんで初対面から一時間も経《た》ってないのにそんな仲良さそうなの君たち。これこそトップカースト同士の邂逅《かいこう》に限り起きる限定イベントのようなものだ。ボッチの俺にとっては縁がないのも当然である。

実はこの妹、兄がボッチであるにもかかわらず学校ではトップカーストの座に君臨しているとか。人懐っこく、素直な性格であることを考えれば当然とも言えるが、どうにも解せない。一体どこの段階で遺伝子組み換えがあったのやら。表記しないと捕まるぞ。

野菜コーナーに差し掛かったところで、美玖は小さな紙を制服のポケットから取り出した。

「あ、それ買い物メモ？」

「はい。二人分だけなので、買うものを事前に決めておかないと無駄遣いになっちゃうんですよ」

「しっかりしてて偉いな〜。どれどれ…………もしかして今日の夕飯はカレー？」

「お、鋭いですね。ここに書いてあるの、野菜がほとんどでましてやルーなんて書いてないのに」

「二人だけならルーも冷蔵庫の中に残ってると思ってね」

「さては琴音さん、料理できる人ですね？」

「ふふ、大したことはないけどね」

部室での振舞いが頭にあるから突然謙虚な姿勢見せられると不気味にしか感じないな。

とりあえず、サラダに必要そうなものはかごに入れておくか。あ、このトマト安い。

「はあ……これだから買い物慣れしてないお兄ちゃんは」

そう言って美玖は俺の入れたトマトを早速商品棚に戻し、新しいそれと入れ替えた。

「え、何その対応。俺が触ったからなの？　遅すぎた反抗期なの？」

菌《やつ》がどうこうで騒いでいた小学生の頃が懐かしい。それ苦い記憶や。

「違うよ。こっちの方がヘタが緑だから、いいトマトなの。被害妄想して美玖を……私を悪者扱いしないでよね」

慌てて言い換えた美玖。おっと。どうやら気が抜けてしまったようだ。別にそこまで気にすることはないと思うけどな。

「えーっと……今、美玖ちゃん、自分のことを名前で……？」

「そんなことより買い物ですよ琴音さん！　早くしないと野菜が全部なくなっちゃいます！」

「いや、山盛りで、他の人が何個かかごに入れても減ってるように見えないくらいなんだけど」

（空気読んで！　馬鹿お兄ちゃん！）

小声で俺を罵倒すると神崎の腕を摑《つか》んで別の野菜のところに向かった美玖。……まあ、いいか。腕引かれて神崎も満更じゃなさそうだし。お前の妹への想《おも》い尋常じゃないな。

カートで商品棚の間を進んでも迷惑なので、その場に留《とど》まっていると買う予定の野菜を抱えた二人がこちらに戻って来た。その野菜は、今日の夕飯のメニューを確固たるものにする面子《メンツ》――ジャガイモや玉ねぎなどだった。もちろんあいつもその中に混じっている。

「人参《にんじん》嫌いなんだけど。だいたい、いつもカレーの時は人参入れてないのになんで今日は入れる気なんだよ」

「え、篠宮人参嫌いなの？　……あれ、確かにメモには書いてないや」

「……せっかくお兄ちゃんに花を持たせてあげようと思ったのに。なんでそうやって人の気遣いを無駄にするようなこと言っちゃうかな」

「学生のうちに嫌いなものは嫌いって言っといた方がいいぞ。どうせ社会に出ればそんなものと無理にでも付き合わなきゃいけなくなるんだからな」

「……どうして琴音さんみたいな人がこんなのの彼女さんなんですか？」

「あはは……まあ、色々あったんだよ、うん」

ぎこちない笑みを浮かべる神崎を見て、美玖はため息を深くついてこちらを諫《いさ》めるように睨《にら》む。

「ほら、琴音さんも正直引いてるよ」

「まあ、社会云々《うんぬん》は置いといて人参は譲る気がない。あの自然界にはない色といい独特の甘みといい、食べようと思える要素がまるで感じられないからな」

「人参に親でも殺されたの？」

「いえ、殺されてないです」

「真面目に答えんなよ。アホだと思われんぞ……」

大丈夫かしら今年の高校受験。中三の妹のこれからについて勝手に心配していると、何やらスマホを見始めた神崎。やがて納得がいったような表情でスマホをしまった。

「美玖ちゃん、人参を使わないカレーが何種類かあるから、それに献立を変更しない？」

「えっとそれって……」

提案の詳細を聞くや、美玖はちらと俺を確認した後神崎の耳元に口を寄せた。

「甘やかすのはあまり良くないと思いますよ。兄の場合、単純なのですぐにつけ上がりますから」

「おい、本人に聞こえてる。その手は何のためにあんだよ」

「確かに苦手を克服することも覚えさせせた方がいいと思うけど、今回に限っては別に甘やかすとかじゃないよ。ただ料理スキルの高さでも見せちゃおうと思っただけ」

得意げな、やる気に満ちた視線が俺に一瞬向けられた。

「料理スキルを見せる……ですか」

「うん。だからそのために、夕飯一緒してもいいかな？」

くるりと回転して俺に確認を求めた神崎。責任者は一応俺ってことね。だとすれば言えることは一つだけだ。

「親御さんには？」

「レシピ調べる時に許可も取ったよ」

「じゃあこっち的には何も問題がない」

「了解。この選択が間違いじゃなかったことを証明してあげるよ」

「カレーなんて誰が作っても同じっぽいけどな。二時間目の英表の並び替えの問題にも書いてあったし」

「い、痛いところつかないでよ！　確かに私も否定はしないけどさ……」

「まあ、楽しみにはしてる。マウントとれるように頑張れよ」

「取られるとはまるで思ってないような余裕さをどこか感じる……！　──美玖ちゃん、この中のレシピでどれが食べたい？」

　再びスマホを取り出すと、神崎は美玖と一緒にその画面を眺め始める。やがて美玖が年相応な感じで表情を明るくした。

「これがいいです！　名前は知ってるけど、食べたことがないので！」

「確かにあまり日本に馴染《なじ》みはないかもね。よし、じゃあこれにしよっか。材料で家になさそうなのある？」

「あー……これとこれが三人分となると足りないかもです」

「ならそれ買いに行こうか。私の分のやつは私のお金で払うから安心してよ」

「いや、それくらいは俺が出す」

　なんか二人だけで盛り上がってるなー。俺いつも通り蚊帳の外だなー。なんて思っていた時に舞い降りたチャンスだ。しっかり物にして会話に割り込むことに成功した。……んだけど、二人とも俺見て固まってない？　身内でもボッチの受け入れ態勢は整ってないってこと？　微妙な雰囲気が流れ始める中、先に口を開いたのは美玖の方だった。

「……お兄ちゃん、そんな気遣いできたんだね」

「当然だ。ボッチは基本的に他人に気遣って生活してるからな」

グループ活動の時には口を開かないのが鉄則だ。それなのに声をかけてくるやつはくたばれ。自然とみんな気まずくなって俺の意見に肯定的な評価しかしないから、結果俺が発表することになるんだよ。めんどくさいからって押し付けんな。

「別に気にしなくていいよ、篠宮。食べる直前までメニューを秘密にしておきたいから、買うもの見られたくないの」

「だったら金だけ渡せばいいはず………だろ」

財布を取り出して中身をチェックすると、そこには驚きの光景が広がっていた。美玖が俺の様子に不審がって脇から覗《のぞ》いてくる。

「ないじゃん。お札」

「いやー、細かいのに崩れてるの忘れてたなー」

そう言って小銭入れの部分のチャックを開ける。どうでもいいけど、チャックとチェックって似てるよね！　……と現実逃避したくなる中身だった。

「三桁ギリだね。これでよく『いや、それくらいは俺が出す』なんて言えたもんだよ。妹として恥ずかしい」

「はい！　ということで金欠の篠宮は先に店の外で待っててください！」

「……はいよ」

立つ瀬がないので大人しく、言われるがまま雲に覆われた店外へと向かうと、肌寒い風が身を襲った。懐だけでなく身まで寒くなるのは嫌なので、本屋の中に入って待つことにする。

ラノベのある二階に行くことも考えたが、それだと時間を忘れそうなので一般文芸で我慢した。俺的に、この書楽は北与野で一番需要がある場所だと思います。あとサイゼ。俺にはないけど。


…………………♥…………………

買い物を終えた俺たちはようやく家に到着した。時刻は五時になろうとしているところで、これから流れで夕飯作りが始まるだろうと考えた俺は、普段通りソファで仮眠を取ろうと試みたのだが。

何やらガタガタゴソゴソとキッチンの方から聞こえる物音が少し騒がしい。

クッションを枕に、気休め程度になればと目だけを閉じていると顔に柔らかい感触が襲った。

「こら。制服のまま寝ないの。皺《しわ》ついちゃうでしょ」

目を開けると、目の前には神崎の顔。そしてその手には枕になっているものと色違いのクッションがあった。リビングに神崎がいる、というのも新鮮だ。ドキドキするっちゃする。少しだけね。

「洗濯担当は俺だから気にする必要ないんだよ。この時間はいつも眠くなるからほっといてくれ」

そう言って再び視界を暗闇に包み込むとまた同じ感触が、同じ場所に襲った。

「……おい」

「暇だから構って」

「暇ってなんだよ。料理スキル見せるんだろうが」

「今そのために美玖ちゃんが頑張ってくれてる」

「……？」

意味ありげにキッチンの方を見やる神崎に疑問を持ち始めていた時だった。

「――あった。琴音さん、ありましたよー！」

キッチンから聞こえてきた美玖の声。神崎はそれに反応した。

「ごめんね、美玖ちゃん。探すの頼んじゃって！」

「いえいえ。私の方が収納場所については詳しいですから。ここに置いておきますね」

「うん、ありがとう！」

上体を起こしソファのひじ掛けの部分を支えにして様子を窺《うかが》ってみると、キッチンの空いたスペースに紺色の布のようなものが置かれた。……なんだ、あれ？

「ふふ、それじゃあ篠宮の目を一瞬で覚ましてあげるよ。だからちょっと待ってて」

俺の肩をトントンと叩《たた》くと神崎は俺の元を離れキッチンへと向かう。

やり取りから考えるに、神崎はあの布を取りに行ったので間違いなさそうだ。これでようやく仮眠がとれる。

「――寝ちゃ駄目だよ、お兄ちゃん！」

ぺちぺちと威力がだいぶ抑えられたビンタが俺の頬《ほお》を襲った。せめて起こし方統一して。

「いつもは黙認してるだろ。なんで今日は駄目なんだよ」

「ちょっと大事な話があるから」

「急に何。怖いんだけど」

美玖が纏《まと》う厳格な雰囲気に思わず上体を起こした。そういえばこっちも美玖に言っとかなきゃいけないことがあるな。

「ていうかお前、制服で買い物に行くなって何度も言ってるだろ。なんかあってからじゃ遅いんだぞ」

「わー、妹思いなお兄ちゃん。でもちょっと心配が過度かなー」

「その様子だと変える気はないのね……」

最近は何かと物騒なのに加え、義務教育の範疇《はんちゅう》である中学校では制服での外出に厳しい。それをこいつが理解していないことはないと思うのだが、何度注意しても直らないのだ。やっぱり反抗期なのかしら。

「実はね、この恰好《かっこう》で買い物してると近所の人とかスーパーの店員さんに『中学生なのに偉いね〜』って褒めてもらえるんだ〜!」

「……承認欲求をそんなところで満たすな」

こいつ、我が妹ながらほんと良い性格してるな。男子とか手玉に取ってない？　大丈夫？

そして、美玖がそうして自分の株を上げるとそのしわ寄せは兄の俺のところに来るのであった。具体的には「しっかり者の妹に全部お任せな最低兄貴」と近所で名が広まってしまい毎日の通学の度に白い目で見られるのだ。想像しただけで怖い。

こうなりかねないことをしてるとかある種の反抗とも見て取れるな。まあ美玖にそういった思惑はないだろうが。……ないよね？

「それでお兄ちゃん。休み明けテストの結果見せてくれない？」

「え、何のために？」

今までで一度も、俺の成績に興味など持ったことがないというのに。兄の魅力にやっと気づいたのかしら。

「いいから。夕飯抜きにするよ」

「それは反則だ。……ほら」

ポケットにしまっておいた短冊を美玖に手渡した。管理に気を遣っていないため、しわくちゃもいいところである。それよりもナチュラルに脅しをする妹が恐ろしい。成長をこういうところで感じるとか嫌だったんだけど。

「……ほんとに数学二十点だ」

「え、二十点なの？」

「なんで自分の点数なのに初見みたいなリアクションなの……？」

「どうせ悪いのはわかってたから詳しく見てないんだよ」

「じゃあ感想は？」

「ひどいな」

「美玖たち兄妹《きょうだい》だったね」

「数学ができない点で？」

「……意見が同じでってことだよ」

ため息をつきながらも、美玖は俺の隣のスペースに上ると女の子座りでこちらに向き合った。誰がやっても可愛《かわい》い座り方だよなこれ。女子には体育座りなんかよりこっちを普及させた方がいいと思います。あ、でもそれだと絶対領域の文化がなくなるか。……究極の選択だな。

「ねえ、お兄ちゃん」

「どうした？」

「こんな結果を出してても、数学を勉強する気はないんだよね？」

「……余計なことを吹き込んだのはあいつだな？」

キッチンで何やら機嫌良さそうな様子でいる神崎の方を見やる。美玖が結果を見た時、自前の情報と照らし合わせている感じだったので少し気になっていたのだが、これでだいたい解決した。

「別に勉強するのもしないのも結局はお兄ちゃん次第だから美玖からは何も言わないけどさ――」

「やっぱ俺ら兄妹だな！」

「反省の色が見られないのは別の問題だからお母さんに報告するね？」

「……何を言ってるのかな、美玖ちゃん」

一瞬で頂点まで高まったボルテージは急降下して地の底に。トップカーストなのに白けること言うなよ。

「具体的にはお小遣いを減らすように、だね。もしかしたらその分、美玖のが増えるかもしれないし～」

「それだけはやめて！　俺のお財布事情さっき見ただろ⁉」

「口で言われてもな～？　やっぱり態度で示してもらわないと。反省の姿勢を」

「……今日の夜から勉強します」

「はあ……ラインで送ればお母さんも見てくれるか」

美玖がテーブルのスマホに手を伸ばす。

「実力行使はやめて！」

「じゃあいつ勉強始めるの？」

「……今でしょ」

「よろしい。まあ、死語だけど」

「お前が言わせたんだろうが……！」

既に我関せずとばかりにスマホをいじりだした美玖に悪態をつきながらも、渋々とダイニングに向かう。数学とは馬が合わないが、お金のためともなれば致し方あるまい。

今日のところはとりあえず、授業でやったところの復習でいいだろう。カバンから取り出した数学の教科書とノートをダイニングテーブルに広げた。

「――お、あれだけ言ってたのに結局勉強するんだ。えらいえらい」

席に着くと後ろから声をかけられた。恐らくそいつの顔はニコニコと、まるで俺をあざ笑うかのような表情になっているに違いない。意地でも振り向かないわ。

「……白々しい。お前が美玖にけしかけたんだろ」

時間的には多分俺が一人で本を物色している間。つまり二人が足りない材料を追加で購入している時だ。俺が油断した……というよりは神崎の知恵が働いたの方が正しい。首席の力をそんなとこで発揮すんな。

「まあね」

「勉強のくだりはこの家に来るための口実だったんじゃないのかよ」

「確かにそうだけど、誰もそれだけとは言ってないじゃん。彼氏の成績が不甲斐《ふがい》なさすぎて心配したっていうのも、少なからずあったの」

「……だから、日常会話に叙述トリック組み込むのやめてくれる？」

「自分も部室で似たようなことしてたくせに」

「……勉強の邪魔だからどこかに行ってくれ」

「うわ、塩対応だ〜。さっきから頑《かたく》なに私のこと見てくれないし」

「お兄ちゃんサイテー」

大仰な言い方のせいで外野からもヤジをもらった。しかしそれも一瞬で収まる。それはそれで不気味さを感じていると、案の定であった。

「――今は特に見て欲しいんだけど」

「……！」

突然の耳元での囁《ささや》きに、先ほどまで健在であった鋼鉄の意志が砕かれ思わず振り向いてしまう。そこには思っていた――よりも柔らかい笑顔を浮かべた神崎がいた。

「ふふ、どう？　美玖ちゃんとお揃《そろ》いにしてみたんだ〜」

そしてご機嫌そうに頭にぶら下げたポニーテールを見せつけてきた。そしてフリフリと、それこそ尻尾のように揺らす。いつの間に移動したのか、美玖はキッチンで夕食作りの準備を始めているのだが、比較すると確かにお揃いに見える。まるで――。

「パチモン？」

「却下！　はい、別の感想！」

別の別の……。

「……なんか髪が中途半端な長さなのが一番融通が利くよな」

「しみじみとした雰囲気で言う感想がそれなの⁉」

「長いと手入れめんどくさそうだし、短いとそうやってアレンジができないだろ」

「いや、女の子の私がそれをわからないわけないじゃん。そういうんじゃなくてさ……じゃあこの恰好は？　篠宮のお母さんが使ってたやつらしいんだけど」

「ああ……ほんとだ。あれエプロンだったのか。もちろん似合ってるぞ。ていうかモデルのお前に似合わないわけないだろ」

「あああああ！　もうかゆい！　嬉《うれ》しいっちゃ嬉しいけどこう……何とも言えないもどかしさが！」

まるでミュージカルの独白のように一人嘆く神崎の恰好はというと、俺と同様の制服の前面を覆い隠すように紺色のエプロンが装着されている。

控えめに言って「これから制服エプロンの時代始まるんじゃね？」なんて思うほどには

絵になっているのだこれが。

個人的に裸エプロンよりも、制服エプロンの方が魅力的だと思う。脱げばいいってわけではないのだ。そこら辺はちゃんと慎みというものを持っていただきたい。

「仕方ないですよ、琴音さん。お兄ちゃんはこれが通常運転です。なんなら天変地異でも起きない限りその性質は変わりませんよ」

「俺は日本の電車か！」

「……うざ。早く勉強すれば？」

俺の的確かつ勢いあるツッコミに、相手にするまでもないと視線をすぐに手元に落とした美玖。君もやっぱり制服エプロンなのね。見慣れてるし、実の妹だから今更何とも思わんけど。

俺よりも母さん（というか両親）と太いパイプで繋《つな》がっている美玖に反抗するわけにいかないため、視線を教材に戻した。兄妹の勢力図おかしくない？

しかし嫌いと苦手のダブルパンチである数学がそううまくいくなんてことはなく、自然とペンを持つ手が止まる。

「――仕方ないな～。そこは……この公式を当てはめて計算してみて」

隣に座った神崎がそれに気づき、数式の書かれた小さな紙を流してきた。え、まだ俺何も言ってないんだけど。ピッチを俯瞰《ふかん》してるの？　イニエスタなの？

「…………こうか？」

「うん。合ってるよ。そしてその次の問題は――」

「待て待て。俺を舐《な》めすぎだ。この公式を使えばいいんだろ？」

「いやいや、数学を舐めすぎでしょ。これは出た答えを使って……こう」

「うわ、出たよ応用問題の典型的パターン。だから大問の最後の問題とか問題文すら読みたくないんだよ」

「もう、解けないからって諦めるのは駄目だよ。ほら、次の問題も一緒に解いてあげるから」

優しさ溢《あふ》れる物言いだが、拒否権はないと示すように次のページを開いたからねこの子。まるでスパルタよ、スパルタ。まだ寄り添ってくれるだけマシなのだろうが。

「料理スキルを見せるんじゃないのか？」

「もちろん。ただ、今は下準備を美玖ちゃんにやってもらってるの。けしかけた本人だから教えるなりして責任はとらないとね」

「それなら最初から妙な企みはするなよ」

「屁理屈《へりくつ》言わない。あと、今日の授業の復習のついでに昨日のもやってね」

「畳みかけてきすぎだろ。言っとくがそこまでする気は――」

「昨日の授業で寝てたこと、美玖ちゃんに言っちゃうけど？」

「なぜかやる気が湧いてきました」

「ん。篠宮のそういうところは好きだよ」

今の「そういうところ」は素直とかいう可愛《かわい》らしげなものではなく、言うことに従順だとかそういう末恐ろしい意味を孕《はら》んでいるに違いない。ここにいる女性陣怖い。まともなの俺だけじゃん。

「ちなみに終わるまで夕飯は抜きね」

ほら、すぐ食事を人質に取るもんこの子ら。


なんだかんだ復習を終えた俺は無事に食事にありつけることが決まった。

疲れている俺を一応気遣って、二人だけで配膳をしてくれた神崎と美玖がそれぞれ食卓に着く。席順は俺の向かいにいつも通り美玖。そして神崎はその美玖の右隣だ。同じ恰好《かっこう》のため、こうして横に並ばれると姉妹のように見えてしまう。

「じゃーん！　これがバターチキンカレーです！　まあ、ルーから作るレシピだから正確にはもどきなんだけどね」
「でもそんなことが気にならないくらい美味《おい》しそうですよ！　香りだってしっかりバター
の香ばしさが出てます！」
　美玖の言う通り、料理の経験値がほとんどない俺でもわかるくらいにバターを感じる。
本場のインドをリスペクトしたのか、ご飯とルーが別々となっているところにも本気度が
窺《うかが》えた。……ルーの色が人参《にんじん》と一緒なことにはつっこまないでおく。すり潰して入れるな
どという、幼児に向けた苦手克服方法をわざわざとるまい。あれはあれで、気づいた時に
極度の人間不信になりそうだよね。
　三人揃っていただきますをして、俺は早速そのルーから口に含んだ。
「あ、うまっ」
　自然と感想が出ていた。それを見ていた神崎はどや顔を決める。
「ふふん。私の料理スキルの高さがわかったようだね」
「ああ。このカレーなら普通に毎日食べたい」
　人参がないからというだけではない。癖になる何かが確かにあるのだ。
　その証拠に先ほどのペンとは違い、スプーンは止まることを知らない。さすが本場イン
ドである。

「そ、そう……なんだ。別に私としては毎日このカレーでも……」

「簡単に流されないでくださいよ琴音さん。毎日これはさすがにカロリーがやばいです」

「そんなに高いのか？」

「付き合い方を一歩間違えれば即太るよこれは。お兄ちゃんも運動しなきゃやばいかもよ？」

「それはお前もだろ帰宅部。ていうかそれなら、この場で一番気をつけなきゃいけなそうな人物が何も厭《いと》わない様子なのはなぜ？」

斜向《はすむ》かいのモデルに視線を送ると美玖もそれに引っ張られ首を動かす。

「毎日……毎日か……ってどうしたの？　二人して私をガッツリ見ちゃって」

「いや、モデルなのに何も気にせずに食べてていいのかと思ってな」

「やっぱりお兄ちゃんはそっちが気になるのかー……」

素人な俺でも体型維持はモデルの必須項目であることは知っている。お菓子などの間食はもちろんのこと、食事のカロリー制限もプロセスの一つのはずなのだが。今の神崎からはその気が一ミリも感じられない。

「あー、私食べてもあまり体に影響がないんだよね。よっぽどカロリーとかを取り過ぎたりしなければ、特に問題ないの」

「これが噂《うわさ》のモデル体質……！」

「他の女子から嫉妬がありそうだな。今の美玖みたいな」

「何言ってんの、お兄ちゃん！　琴音さんぐらい綺麗《きれい》な人の場合は嫉妬の感情なんて通り越して、もう素直に憧れの領域だよ！」

「やっぱりその場合も少なからずはあるのね」

できれば全部否定して欲しかった。女子社会って俺たち男子のより複雑で闇が深いイメージがある。女子同士の「可愛い」ほど信用できない言葉はないのだ。俺の長年の経験からあれは多分ジョブとして牽制《けんせい》の役割を果たしていると思われる。「こっちは褒めたぞ、ああん？」みたいな。怖すぎる。

「今の聞いて改めて疑問に思ったから聞くけど、学校での二人の評判はどうなの？」

「神崎は言うまでもないくらい人気者。俺はそもそも認識されてるかどうかだな」

ははは、俺の場合はある意味言うまでもないということだ。ネットショッピングのサイトでレビューの付いていない商品に親近感を覚えるまである。

「サラッと悲しいことを……。ていうか今のは二人別々のを聞いたんじゃなくて、カップルとしてのを聞いたの。それこそ、そんな正反対の二人が付き合ってることへの反響が気になるって話だよ」

「そういうことか。俺たちは付き合ってることを隠してるから、反響とかそういうものはない。もちろん陰で何か思われてたりすることもな」

下校の際、裏門でわざわざもう一度待ち合わせしたのもそれが理由だったりする。

「え、ほんとですか？」

神崎の方に確認を取る美玖だったが、肯定を示す軽い頷《うなず》きに「そうなんだ……」と納得したようだ。俺の言葉だけじゃ信用ならないのかよ。お兄ちゃん悲しい。

「でもなんで隠す必要があるの？　私的にはそっちの方が恋人っていう関係にとって害があるようにしか思えないけど。デートとかだって場所を選んでしかできないと思うし」

「そうなの！　付き合ってからもうすぐで一か月になるけど、まだデートしたことがないんだよね～私たち。春休みなんてずっとラインだからね？　あ、そうなると恋人としては実質二週間くらいか」

「おいお前はこっち側だろ。美玖に流されんな。ていうか『こういうのも悪くないね』なんてメッセージをその春休み中に送って来たのは誰だよ」

「ちょ、ここでばらさなくてよくない⁉」

「被害者アピールみたいなことするからだ。ほら、愛《いと》しの美玖も呆《あき》れ顔《がお》だぞ」

「え。ち、違うからね美玖ちゃん！　別にそういう意図があったわけじゃないから！」

「あ、はい。もう色々察したので大丈夫です。それでどうしてなの？」

弁解に必死な神崎とは対照的に落ち着き払った様子の美玖。なんか悟り開いた感じの雰囲気出してるんだけど。人間、この一瞬で仏になれるもんなの？

「大層な理由じゃない。ただ、元々周りが知らないところで会ってたから、関係が少し変わったとしてもわざわざ公にする必要性もないと思っただけだ。モデルっていう立場もあるしな」

「あー、そっか。文春砲の餌食になる可能性もあるんだ。美人高校生モデルが同級生との秘密の逢瀬《おうせ》みたいな」

「それに関してはそこまで名が売れてるってわけじゃないから、心配要らないと思うけどね。ていうか私は公に付き合ってもいいし」

美玖が納得したようにふむふむと頷く中で、ぼそりと本音を混じらせつつ訂正した神崎。ここで色々捻《ねじ》れるのもめんどくさいので、再び有効手を打つことにした。

「『秘密の恋人か……なんかいいね』だったか？」

「……篠宮はお代わりいるよね！」

思惑通り、突然席から立ち上がった神崎は空になった俺の器二つを持ってキッチンに消えていく。

トップカーストにも黒歴史に似た、触れられたくないものがあるのは確からしい。ボッチの専売特許だとばかり思ってたわ。

すると美玖がキッチンに移った神崎に目をやった後、不審感あふれる表情を浮かべて若干ではあるが、顔を向かいの俺の方に寄せてきた。俺の方も机の中心に耳を寄せてやる。

「……これで本当に関係隠せてるの？」

「どういう意味だよ」

「すぐに二人の世界に入っちゃうじゃん。私を置いて」

「いや、全然入ってないし。ていうかクラスでは一切話してないし」

「あーはいはい。聞くだけ無駄ってことね」

俺の主張などお構いなしとばかりに、カレーを食べ進める美玖。なんでだよ。ちゃんと質問には答えただろうが。

妹の淡白な反応に不満を覚えつつ、俺も神崎がお代わりを持ってきてくれるのを静かに待ちわびていると、妙にゆったりとした、スリッパの滑る音が近づいてきた。

「ねえ、篠宮」

「サンキュ……ってどうした？」

追加のご飯とルーを受け取りつつ、どこか不安そうな面持ちの神崎に問いかける。

「ゲリラ豪雨の場合ってさ、電車止まっちゃうよね？　キッチンの窓の近くに立って気づいたんだけど……」

「……どういうことだ？」

「──うわ、ほんとだ。すごい雨」

　さっきまで向かいにいたはずの美玖はリビングのカーテンをめくり、窓から外を眺めている。一瞬の静寂が訪れたおかげで、俺もその事実が確認できた。ぽつぽつどころではない、雨が地面を叩《たた》く音が主張を繰り返しているのである。

「あー……京浜東北線は一時運転見合わせらしいです」

　そしてスマホで運行状況を確認し、すぐさま神崎に伝えた美玖。俺の妹が行動力の塊すぎる。気が利く子だこと。でも今欲しいのは天気の子なんだ。

「だよね。……どうしよう、帰れなくなっちゃった」

　神崎は浦和住み。ここ──与野地区からこの天気の中徒歩で帰れるような距離でもない。だからこうした状況に見舞われると帰宅手段をなくしてしまうのだ。

「でもゲリラなんだろ？　長くても降るのは一時間くらいだろうから、止《や》むまでここにいろよ。一応駅までは送るし」

　不安による儚《はかな》さが追加されたその端整な顔を少しでも元に戻すため、励まし……になることを望んで声をかけた。

「そうだね。ありがとう、お言葉に甘えるよ。とりあえずお母さんにメッセージを――」

「まあ、待ってくださいよ琴音さん。何も一時的な雨宿りだけが手段ではないはずです」

美玖がスマホを取り出した神崎の肩にポンと両手を置いた。

「……どういうこと？」

「お耳を拝借」

「お前はいつの時代の人間だよ」

そしてそのまま美玖は神崎をリビングに押して連れて行き、その顔を神崎の耳元に近づける。

なぜか悪戯《いたずら》を思いついた幼子のような表情で何かを伝える美玖と、段々とその頬《ほお》が赤くなっていく神崎。……何か見てはいけないものを見ている気がする。でも見ちゃう。男子高校生だから是非もないよね！

「――ということで、こういう感じに！」

「別にそのこと自体はいいけどさ……初めて家に来た日に……なんて引かれないかな？ほら、倫理というかモラルというか！」

「大丈夫ですよ、琴音さんなら！　ご飯だって一緒しましたし！」

会話の勢いのまま背中を押され、神崎がこちらに近づいてきた。え、俺関係あるの？　百合《ゆり》じゃなかったの？

「えと、その……今日、このまま泊っていいかな？」

視線をあちらこちらに散らしつつ、神崎はそんな提案を口にしたのだった。

…………♥…………

「──あ、おかえり～篠宮。随分と長風呂でしたね～」

入浴を終え自室に戻るといつも通りの光景──プラスアルファが俺を迎えた。

「いつもこんな感じだ」

「歌でも歌ってたの？」

「……お前は美玖の部屋にいるんじゃなかったのか？」

「あれ図星～？」

「……これ以上はプライベートの侵害で訴えるぞ」

「はいはい、わかりましたよ～。私の方はね……えへへ、篠宮の部屋に興味があってついお邪魔しちゃった」

「えへへじゃねえよ不法侵入者。あと、さっきまでのしおらしさはどこに行ったんだよ」

「お風呂で流してきました」

神崎は寝転んでいたベッドから上体を起こし、てへと舌を出した。もう色々吹っ切れたらしい。ちなみに俺も色々吹っ切れて泊まることを許可したのではなく、しっかり親御さんの許可を促した。俺ってば紳士である。……まあ、素直に男の家と伝えることはできないので友達の家ってことにしてもらったが、そもそも夕食の連絡の際に神崎がそう伝えていたためそっちの方が都合がよかったのだ。嘘《うそ》も方便って言うしね！

……ていうか随分と刺激的な恰好《かっこう》をしておられる。過剰に反応して「キモい」なんて言われたら軽く死ねるので、理性で自分を抑えつけた。

「なんか懐かしいな、その恰好」

今の神崎は制服ではなく、寝間着として俺の中学時代のジャージを身に纏《まと》っている。

水色の、俺にとってはかつてのものであるそれは華奢《きゃしゃ》な神崎にとっては大きかったようで、体を十分に包んでいるが、かといってだらしないといった印象はなく、むしろダボっとした一つのファッションの領域に突入しかけていると言える。

「感想はそれだけですかー？」

「……似合ってるぞ。多分中学の頃の俺より」

「そ、そんなわけないでしょ！　いいから豆電球にして！」

「わかった。じゃあ――」

話の途中で豆電球に調整を果たした。……ものの。

「ちょ、ちょっと待って。はい、一回点けて」

「今度はなんだよ……もしかして――」

「……豆電の方が本棚が嫌な感じに照らされて怖い」

「隠し通す余裕がないほどにか」

あまり気にしたことがないな、そんなこと。これも現実主義だからだろうか。

「これは言うなれば環境的要因でしょ？　だから……この部屋の持ち主である篠宮が責任を取って」

何だこのクレーマーめんどくせえ。突然の論理の展開にそんなことを思った。

「どちらかと言えばお前の主体的要因だろ。怖いって感情による。ていうか布団かぶって目つぶれば何も見えないと思うんだけど？」

「屁理屈《へりくつ》言わずにいいからこっち来る！」

「別に屁理屈じゃないだろうが」

悪態をつきつつも、このままでは騒音でご近所に迷惑をかけてしまう可能性も否定できなかったので渋々ベッドに向かった。

「で、責任を取れって何をして欲しいんだよ？」

「私が眠るまで傍《そば》にいて。具体的には手とか繋《つな》いでてくれると嬉《うれ》しいかも」

「子供か……」

具体性があるあたりは卑しいのだが。

「そう言って呆《あき》れるふりをしながらも、なんだかんだで実行してくれる篠宮なのでした」

「だからナレーションすんな。……あと別にそれに強制力みたいなものはないから味を占めて、またとか考えんなよ」

「ふふ、説得力がまるでありませーん」

ギュッと、握られた右手に力が込められた。神崎の体温がひしひしと伝わってくる。

これだけで安心しきってるあたり、どうでもいいところでは単純なんだよな。

「さっきのラノベ。カバンの上にでも置いとく」

「了解。じゃあ寝ることを試みるから」

「なんだその宣言。……おやすみ」

「ん」

短い返事をして目を閉じた神崎。寝息は聞こえてこないが、その口を動かす気配もない。

こうして電気が点いた状態で寝られるなら俺は要らないと思うんだけど……まあ、思っても口にするのは野暮《やぼ》ってもんだ。

あとはこうしてただ、神崎が眠るのを待って部屋を移動するだけ。寝顔もなんだかんだ部室で見慣れているため余裕……と思っていたのだが。

——なんでこんなにいい匂いすんの。

手を繋いでいるため、必然的に俺は枕元に近い位置にいることを強いられているのだが、ここはどうやら危険領域だったらしい。栗色《くりいろ》の髪から湧き立つ香りが鼻を容赦なく襲っている。

そして驚きなのはこの元が俺が使ったシャンプーと全く同じということだ。それなのにどうしてこう意識させられるのか……もう誰か論文発表して。

# 幕間❤かの兄妹だけが彼女を翻弄する

昨日に引き続き部活が午前練であった日曜日の午後。お泊りしてから丸一日が経過したわけだけど、私は美玖《みく》ちゃんとの約束を果たすために篠宮《しのみや》の家に向かっていた。ただしその約束は篠宮には秘密にしてある。そのため、その約束を果たしきるまでは私が家に来ていることを隠さなければならない。

「――お待ちしてました」

玄関前に着くと、灰色のパーカーに黒のホットパンツとラフな恰好《かっこう》をした美玖ちゃんが出迎えてくれた。

「ごめんね、わざわざ外で待たせちゃって」

「いえいえ。外と言ってもほぼ敷地内ですし、いくらお兄ちゃんが休みの日には部屋に引きこもってる超インドアでも呼び鈴には気づいちゃいますから」

ちなみに約束というのは、私が美玖ちゃんに勉強を教えること。なぜそうなったかの経緯は私が初めて篠宮の家を訪れた金曜日。

篠宮が勉強に勤《いそ》しんでいた、夕食の準備中——美玖ちゃんとの二人きりの時間にまで遡る。


……………………♥……………………


材料を大きめの鍋に入れて火にかける。このまま煮込めば完成だ。初めて試みたレシピだったけど、どうやらうまくいきそうでほっとしている。ふふ、篠宮は一体どんな反応をしてくれるのやら。今から楽しみで仕方がない。

ふと、ダイニングテーブルで勉強に取り組んでいる篠宮の横顔に目が向く。相変わらず、集中してる時は凛々《りり》しいんだから。いつもそんな感じでいればいいのに。……いや、それだと私が持たないから却下。

「琴音《ことね》さん、今兄のこと考えてます？」

「え……」

調理道具を洗っていた美玖ちゃんに声量を抑えてそう言われ、慌てて自分の顔を両手で触る。モデルの仕事の都合で表情をある程度自在に操ることはできるけど、気が緩むと表

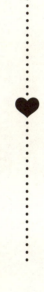

情筋も緩んじゃうのかな……。

「意外と琴音さん単純～。カマかけただけですよ」

しかしにやりと美玖ちゃんが笑みを作ったことにより、私が罠《わな》に嵌《はま》っただけであることに気づかされた。

ぐぬぬ……ぬかった……！　夕飯の準備を進めるにあたり会話などが増えさっきよりもさらに打ち解けてきたけど、時間が経《た》つたびに「ああ、やっぱり兄妹《きょうだい》なんだな」と感じることが増えていった。今のように何気なく核心をついて、からかってくるのもその一つだ。あとずる賢さ。……厄介なとこばかり似ないで欲しい。

「琴音さんはあれのどこを好きになったんですか？　顔とか身長とかはまあ……って感じですけど、他が絶望的すぎません？　性格とか、性格とか」

あれって……ひどい言われよう。まあ、確かに滅茶苦茶捻《めちゃくちゃひね》くれてるけども。

「どこが……か。ピンポイントは難しいかもなー」

「ほうほう。なんか深そうですね」

「そう？　ていうか美玖ちゃんこそ、その歳《とし》で家族に反抗してないのって珍しくない？もしかして――」

「ない、ないですから！　……時間の無駄ってことに気づいただけですよ！」

まだ最後まで言ってないのに勢いよく否定されてしまった。この反応から考えるに、ブラコン関係のワードは禁句っぽい。触らぬ妹に祟《たた》りなし。ここは大人しく、調理器具の片付けに戻ることにしよう。

もう使わなくなったまな板を軽く洗っていると、再び美玖ちゃんの方から隣に寄ってきた。ちゃんと話したいことが別にあったのだろうか。

「ところでなんですけど、琴音さんって頭いいですよね？　さっきまでだってお兄ちゃんに勉強教えてましたし」

「ふふ、なんと入学から現在までずっと首席なんだ〜」

少しだけない胸を張ってみる。必要なのは揺れより実績だ。……今年もほとんど成長してなかった。それを報告連絡相談した時「気にしない気にしない」なんてラインしてきた、巨乳のマネージャーはくたばればいいと思う。完全に他人事《ひとごと》。

「……そんなお気楽に言えるようなものでもないと思うんですけど。やっぱりどう見ても釣り合ってないですね、お兄ちゃん」

「関係ないよ。私にとってはね」

「わーお……」

「ん？　どうしたの？」

瞬《まばた》きによって強調されるつぶらな瞳。どこか驚いてるというか、衝撃を受けたみたいな感じだけど、やっぱり首席っていう称号はかなりインパクトがあるらしい。まあ、一種のステータスだもんね。

「い、いえいえ別に！　それで……そんな琴音さんにお願いしたいことがあるんですけど……聞いてもらえませんか？」

可愛《かわい》い妹が自分を頼ってきている。その憧れのシチュエーションに酔いそうになるもなんとか自分を制御した。あんまし騒ぐと勉強の邪魔になっちゃうしね。

「もちろん。どんなことでもいいよ」

「そんな大層なことではないんですけど……私に勉強を教えてもらえませんか？」

「勉強か……そういえば、確か美玖ちゃんは受験生だったね」

「……兄から聞いたんですね」

美玖ちゃんはその単語を聞いて表情を曇らせた。確かに喜ぶような言葉じゃないか。

私もそれだった経験があるのでわかるけど、聞くと変に「勉強しなきゃいけない」という不安を掻《か》き立《た》てられるのだ。親戚と会う度に言われるのは嫌だったな……。

「ほんとサイテー……私の情報を勝手に流すなんて」

まさかの篠宮に対する負の感情だった⁉　仕方がない。ここはできる彼女としてフォローをしておいてあげよう。

「い、いやほら篠宮友達いないから、流出どころは私だけだと思うよ！」

「……それフォローしてるつもりなんですか？　お兄ちゃんを」

「………美玖ちゃんの個人情報の行く末をってことにしておいて」

冷静に考えて、誰とも関わらず一人でいるっていうのは世間一般的には問題視されることだった。普段、篠宮がそれをまったく気にしていないせいで私の感覚もずれてきてる。それはそれで嫌なことではないけど。

「まあ、今回ばかりはどっちにしろ話す予定だったのでいいですけどね」

「そっか。それで本題だけど……教えることに関しては全然構わないけど、塾に行った方がいいんじゃない？　受験っていう同じ状況に置かれた人と一緒の方が孤独感だって感じないだろうし」

すぐに一般的な思考に軌道修正を果たした。確か北与野駅から家に向かう途中に、塾があったはずだ。徒歩でも通えそうな距離だし、私に頼むよりもプロの教師に教わった方がいい。教えること自体に自信はあるけど、それが適材適所を否定する理由にはならないから。

「もちろん塾には通うつもりです。……夏くらいから」

「夏？　もしかして美玖ちゃん、何か運動系の部活にでも入ってるの？」

夏から塾に入ろうとする人は部活に一区切りがついたから……というのが一番大きな理由だ。かくいう私もテニス部として最後の……確か学校総合体育大会だっけ？　それに臨んだために他の人より遅く塾に入った。まあ、地区予選で普通に負けたけど。

やっぱりスポーツは、最後は思いの強さで決まるものなのだろう。なんとなくでやっていた私にはあの結果が妥当だ。

「いえ、帰宅部ですけど」

「あ、そうなんだ。……ん？　じゃあなんで今は行かないの？」

こうなれば単純にその疑問が生まれてくるのだ。夏まではゆっくりしていたい、という能天気かつ実力の伴った人もいるにはいると思うけど、美玖ちゃんには私に教えを乞うてきたとおり勉強に対しての意欲がある。その例には含まれない。何か深刻な……そうだ。金銭面での問題とかがあるか。

「ごめん。デリカシーがない質問だったよね」

「兄……に負けたくないんです」

「………どういうこと、それ」

私が謝罪を言い終えるが早いか、美玖ちゃんの口から真相が紡がれた。その内容に、思わず即座に聞き返してしまう。

　すると顔を上げて視線を机に向かう篠宮に送る美玖ちゃん。何か敵意……というか対抗心みたいなものが込められている気がする。

「あれの受験期がそうだったんです。帰宅部のくせに夏から塾に入って、それで合格して……それなのに私が春から通ったら負けたみたいじゃないですか」

「まさかの勝ち負けかー……」

　それも同じ志望校を目指す同級生同士の、仲間でありライバルのような関係ではなく、二歳ほど年の離れた兄妹によるもの。しかも妹からの一方通行ときた。……受験科目と戦おうよ！　ていうか篠宮がさっきの例みたいな能天気タイプなのか……納得できなくもないけど。要領はいいからな、私の彼氏。

「それでも、同級生から塾で勉強している話を聞くと不安になっちゃって……だから琴音さんにお願いしたんです」

「そういうことか」

「迷惑ですかね……？」

「ううん、まったく。どんなことでもいいって言ったでしょ？　可愛い妹の頼みなわけだし。引き受けたよ。限定家庭教師」

「ありがとうございます！　あ、でも家庭教師って言っても毎日とかじゃなくていいですから。琴音さんの勉強もありますし」

「こら。勉強は毎日コツコツしなきゃ駄目でしょ」

軽いチョップを美玖ちゃんの頭に見舞う。なんか今のお姉ちゃんっぽくていい！　我ながらよくやったよ！

「ち、ちゃんと一人でもやりますよ」

「どうかな〜？　お兄ちゃんがあれだもんな〜？」

篠宮は『あいつとは色々出来が違うんだよ。兄妹なのか疑う程に』なんて言ってたこともあったけど、客観的に見て実際にそれぞれと接してみれば、自《おの》ずと似ているところもちょこちょこと発見できるわけで。美玖ちゃんは図星なのか一瞬押し黙って、諦めたように続けた。

「……でも琴音さん浦和に住んでるんですよね？　わざわざここに毎日来るとなると、定期券の範囲外だからお金がかかりますし、今日が例外なだけで部活だってあるじゃないですか。無理してまでは……」

申し訳なさそうに言葉を紡いだ美玖ちゃん。……人のことを気遣い過ぎちゃうってところもか。似てるのは。

「ふふふ。実は勉強方法もデバイスと一緒に進化を遂げているんだよ」

得意げになりつつ、懐からスマホを取り出した。未《いま》だピンときていない様子の美玖ちゃんに説明を続ける。

「最近よくCMになってるネット授業があるでしょ？　神授業がどうたらみたいな。それみたいにするの。ラインのビデオ通話でね。これなら、美玖ちゃんが心配してる移動関連のことは取《と》り除《のぞ》ける」

こうやって他人の利益を取ってしまいがちな人には、こっちから寄り添ってあげるのが一番だ。誰かさんもそれなら受け入れてくれたもんね。

「な、なるほど。さすがは首席、ですね」

さすがは妹なだけあって、効力は凄《すさ》まじい。それに誰しも、一度盾として使った断りの理由が簡単に溶かされれば、次の盾を生み出す余裕なんてなくなる。あとは美玖ちゃんの利益と……少しだけ報酬としての自分の利益に繋《つな》がることに結び付けてあげればいい。

「もっと褒めてくれてもいいよ。そういうことだから、ラインの交換しない？」

「……わかりました！　ちょっとスマホ持ってきますね」

納得した様子の美玖ちゃんがそう言ってリビングに向かった。美玖ちゃんの要望に応えながらも、連絡先の交換まで漕《こ》ぎつけた。ここまでできれば御の字といったところだろう。

達成感を噛《か》み締《し》めているところで、篠宮が突然大きく伸びをしたのが視界に入った。どうやらあっちも達成感でいっぱいのご様子。背伸びしてその手元を覗《のぞ》くとノートや教科書は閉じられている。

「終わったの？」

「ん？　ああ。これで夕食は食わせてもらうからな」

「はいはい。もう少しでできるからソファで待っててよ。配膳は私たちでするから」

「じゃあお言葉に甘えて」

「はーい」

眠そうにあくびをして、こちらに背を向け去っていく篠宮の姿を見送る。なんか夫婦みたいだな……今の。

「――ねさん。琴音さん！」

「え、あ、おかえり美玖ちゃん」

隣にはいつの間にか美玖ちゃんが戻ってきていた。その手にはスマホがちゃんと握られている。ついでに意地悪な笑顔も。

「また兄のこと考えてたんです？」

「ち、違うから」

「ほんとですか～？」

「こういう話の時だけ生き生きしないでよ……」

「琴音さんの反応がすごく可愛いのでつい」

「……年上をからかわないの」

美玖ちゃんを軽く窘《たしな》め、二人でラインを開いてフリフリとスマホを振る。これで友達登録は完了だ。

「これで、いつでも例の授業方法ができますね。いつからにします？」

美玖ちゃんは少し前のめりだ。自分の要望が通ったこととプラスで、未知の体験への好奇心も含まれているのだろう。やっぱり持って帰りたい。

「あー……初回は色々確認したいことがあるから、直接教えさせてよ。日曜の午後とか空《あ》いてるかな？」

弱点の確認や得意科目の把握。基本とも言えるこれらを済ませておくことで、格段に効率が上がると踏んだからだ。

「そういうことなら全然問題ないですけど、兄にはくれぐれも内緒で」

人差し指を唇に当てながら釘《くぎ》を刺されてしまった。わかってるよとばかりに同じ動作を返す。

「勝ち負けにこだわってるなんて知られたら、その時点で負けだもんね」

「そういうことです。あれなら、ねちっこくマウントとってくるに違いありませんから」

「想像できるのがまたなんというか……」

呆《あき》れながらもソファで寝息を立てているであろう篠宮に目を向けたのであった。あと相変わらず、たまに扱いが雑になるんだね。ふふ、兄としての威厳まるでないじゃん。

「――キスとかその他諸々《もろもろ》は済ませたんですか？」

「ぐいぐい来るね⁉　そういうことに関しては！」

「いいじゃないですか～。今時の女子中学生はだいぶませてるって、琴音さんも知ってますよね？」

「そう、だけど……そんな感じの質問は禁止！」

私の反応を楽しむような様子の美玖ちゃんから距離を置いて、配膳の準備を始めた。

やっぱ似てるよ！　この兄妹《きょうだい》！

# 第三話　俺だけが初デートで苦労する

本日二回目の読了による達成感を味わいつつ、本を閉じた。

やはり休日はこうして家の中で悠々自適に過ごすに限る。まあ、いわゆるインドア派なのだが、実は自分たちとは対照的な、外出先や外出自体に意味を見出《みいだ》すアウトドア派の生活も支えていると言っても過言ではない。我々インドア派がいなければ今より多くの人が街中やら観光スポットやらに溢《あふ》れかえってしまい、行動を制限されかねないのだから。

インドア派はいわば世界の均衡を保っている重要な存在。アウトドア派はもっと感謝してくれていい。貢ぎ物貰《もら》ってないいんだけど？

「積読もかなり減ってきたな。今日はこのくらいでいいか」

本棚の通称読んでいないゾーン（そのまま）に目を向けた。そこには両手で数えられるくらいの本が置かれている。

積読というのは解消せず、ある程度そのままにしておくことで知的欲求を刺激してくれるらしい。いつぞやのテレビの番組で知った情報だが、俺は別に真に受けたわけではない。ただ少し、目とかが疲れただけだ。

そういえば美玖《みく》は実行するからと本を何冊か借りていったが、あの子、それ聞いてわざと積読しようとしてるやつは既に振り落とされてるって気づいてるのかしら……。世は常に荒波なのだよ。

「……喉渇いた」

時刻はちょうど午後の三時だ。水分補給ついでに買っておいたコーヒーゼリーも食べるか。

そう決めて一階のリビングに向かった。

「──あ、美玖ちゃん……って篠宮《しのみや》!? え、え、ちょ、部屋から出てこないんじゃなかったの!?」

これがリビングに入った瞬間、俺を出迎えた嘆きにも近い神崎《かんざき》の言葉である。俺別に引きこもりじゃないんだけど。

「ていうか、こっちこそなんでお前がここにいんのか気になるんだが」

月曜まで会うことはないだろうと踏んでいた人物が、自宅のリビングにいつの間にかいたのだ。興味はそこに注がれるに決まっている。

「えーっとそれは……ここら辺に用事があって、そのついで……かなー」

「浦和からここに？　何かの冗談だろ」

大宮とかならわかるが、与野に用事って。馬鹿にしに来たとかならわかるけども。まあ、実際浦和も駅前以外大したことないんだけどね！　所詮パルコとかその他諸々だけである。

あとさっきから前髪気にしてるけど、別に普段通り可愛《かわい》いと思いますよ？

ソファにちょこんと腰を下ろす神崎を尻目に冷蔵庫へと向かう。今の神崎には何を聞いても無駄だろう。女子の前髪に対する執着は異常なのだ。

ここは大人しく最初の目的を優先して、神崎が落ち着いたらまた話を聞けばいい。そんなことを考えつつコップを取り出すと、ちょうどリビングへ足音が向かってきた。

「——あ、お兄ちゃん。下りてきたんだ。どうしたの？」

トイレにでも行っていたのだろう。美玖が姿を現した。

「休憩を兼ねてコーヒーゼリーでも食べようと思ってな」

「あ、それ食べた。美味《おい》しかったよプレミアム」

抑揚のない残酷な宣告に、急ぎ足で冷蔵庫に向かいそして開ける。……真実はいつも一つ。

「……おい、マジじゃねえか。てか感想の前に反省しろ」

「ごめんごめん。お詫《わ》びに琴音《ことね》さんの私服バージョンあげるから許して」

そう言って神崎をソファから立たせつつ、自らはその陰に潜んだ。

「私お詫び品⁉」

可哀《かわい》そうに。どっちかって言うと生贄《いけにえ》みたいな感じだな。

「今はコーヒーゼリーの方が欲しい」

「それはそれで、ナチュラルに傷つくんだけど⁉」

「冗談だ。初めて見たけど、相変わらずどんなのでも似合ってるぞ」

神崎の服装はグレーのニットにミント色のロングスカート。シンプルであると同時に季節にマッチした服装ではあるが、モデルの神崎はもちろんそれを着こなしている。いつもより大人びて見えるのもそれが一役買っているのか。

「……誉《ほ》め方《かた》雑じゃないかな？」

「失礼な。お前に対しては最上級の誉め言葉だろ」

決して雑であるわけではない。1＋1＝2を詳しく説明する必要なんてないように、当然の理に口を挟む理由がないのだ。むしろどんな飾った言葉でも蛇足になりかねないので、

「……それ喜んでいいの？　比較対象的に」

「さあな」

とぼけながら勉強机の椅子に腰を下ろした。

洗濯担当としての仕事を終わらせているので、決まってこの入浴後から就寝までの間はいつも自由時間となる。それは神崎がこの部屋にいるイレギュラーな状況でも変わらない。もう無理。見続けられない。いくら俺がポーカーフェイスの達人であったとしても、自分の衣服を彼女が着ているという背徳感に呑《の》まれかねないのだ。ただでさえベッドを使われていて少しの緊張感があるというのに。ちなみに神崎の制服等は洗い物には含まれていない。実際に雨に打たれたわけではないのだ。当然である。期待してたとかじゃないですマジで。

「あれ……？」

机に置いておいたはずの、読みかけのラノベが姿を消していることに気づく。物が散らかっているというわけではないため漁《あさ》りようもない。

「――探し物はこれかな？」

後方からの声に振り返ると、ベッドに腰掛けた神崎が顔の横にそのラノベを掲げていた。

「……なんでお前が持ってんだよ」

「篠宮がお風呂入ってる間に読んだからかな。ちょうど一巻目だったし」

「もしかして全部？」

「それはさすがに無理だよ。だいたい……半分くらい？」

「十分速いわ。会話文しか読んでないだろ」

「失礼な。ちゃんと地の文も読んでますー。なんなら行間もね」

「読書家を気取るんじゃない。……読んでみてどうだった？」

神崎のようなトップカーストの女子とある種オタクコンテンツとも言えるラノベが関わることなど、俺にとってはレア事象もいいところだ。そのことに懐かしい顔が頭に浮かび、感想を聞きたいという好奇心が気づけば質問として口から出ていた。

「読みやすくて、おもしろかったよ。挿絵とかもいいアクセントになってたし。……まあ、それについては少しいかがわしいものもあったけど」

「それはご愛嬌《あいきょう》。というかそれがラノベの一つの魅力でもある」

「らのべっていうんだ……これ」

初めて聞いた単語を繰り返す幼子のような口ぶり。

「それすら知らないもんなのか……。それなのになんで読んだんだよ？」

「篠宮が読んでる本はどんなものなのかと思って。好きな人の好きな物は共有したいじゃん」

そう言うと神崎はベッドから立ち上がり向かいの本棚に近づいていく。

まあ、なんて積極的な発言。……俺のライフも無限じゃないんだけど。

「ちょっと見てもいいかな？」

「不法侵入してんだから今更だろ。お好きにどうぞ」

俺の了承の言葉を耳にすると、ウキウキといった効果音が似合いそうな表情で本棚とにらめっこを始める神崎。どこか面白かったので、抱いていた妙な緊張感を忘れその姿を眺めていたのだが、屈《かが》んだ足元に本が一冊二冊と増えていく度にその表情は険しいものになっていった。そしてついに、十冊を超える。儀式でも始めんのかなんて思っているとこちらに来いと手招きされた。生贄《いけにえ》になれとかかな。

「どうした？」

「気になることがあるんだけど」

そう言って積んでいた本を床にずらりと並べる。俺の本棚にはラノベのほかに純文学も揃《そろ》っているのだが、これらはすべてラノベだ。読んだことのあるやつはもちろんのこと、買ってから読んでいない――いわゆる積読となっているものも見受けられる。

「共通点は？」

「ラノベだろ」

「もっと範囲を狭めて。そうだな……表紙絵に注目してよ」

「表紙絵……どれも女性キャラクターってことか？」

「もっと限定的に」

「……わからん」

「……私の気のせいかな？　表紙の女の子、胸が全員大きいんだけど」

しびれを切らしたのか、自ら答えを口にした神崎。……あー確かに全員でかい。改めて言われなきゃわからなかった。

「それがどうかしたのか？」

「……男の子ってやっぱり大きい方が好きなんだね」

ぼそりと呟《つぶや》かれたその言葉には若干の殺意みたいなものが込められているように聞こえた。受け取り手である俺に心当たりがあるからとかじゃないです。

神崎はモデルということもあり、スタイルにおいては女子高生の中でも秀でているが、胸囲の戦闘力はそれほど脅威ではない。唯一の欠点らしい欠点とも言えるからか、実は当の本人はかなりコンプレックスを抱いているのだ。そこをこれらのラノベが刺激してしまったらしい。厄介なことをしてくれたもんだ。この状況で俺が取るべき行動は、間違いなくフォローすることだろう。

「………別に大きさがすべてじゃないと思うぞ」

「間がなかったら信じてたね。間がなかったら！」

コンプレックスなだけあって、防御が思いのほか堅い。少しでもちょろければ楽だったのだが……仕方ない。第二フェーズと行こう。

「いや、ほんとに。別に俺、神崎の胸見て好きになったわけじゃないからな」

「複雑！　私は今のにどういう反応をすればいいの⁉」

対象は激しい混乱状態に陥ってしまった。こうなれば、正攻法——すなわち正論しかない。

「だいたい、お前の場合はそれすら霞《かす》むほどの優秀な、秀でた部分がたくさんあるだろ。気にするだけ時間の無駄だ」

「……そんな簡単に割り切れるものじゃないよ。もし私がもっと立派なものを持ってたらさ、篠宮もこの恰好とかにもっと別の感想を持ってくれたでしょ？」

問われてイフを想像してみる。胸元に生地が引っ張られ、お腹《なか》が見えるところくらいまでは景色として脳裏に浮かんだ。やだ、俺ってば想像力豊かすぎ。

「それは……まあ否定しない」

「正直に答えるなバーカ」

「誘導したのはお前じゃねえか」

気を遣って嘘を伝えたとしても鋭い神崎になら見破られたはず。そっちの場合だと神崎が話ができないくらいに不機嫌になる気がしたので、仕方なくそれよりはマシであろう正直に話すことを選んだ。やっぱり嘘は方便だとしても駄目だよね！

「あーあ。胸さえあれば篠宮なんてイチコロなんだけどな」

「イチコロって……それ彼氏に言う言葉か？」

「骨抜きにするってことだよ」

「何それ怖い」

ベッドの隣のスペースに座り込んだ神崎はそのまま俺の後ろに不満げに寝転んだ。まさか背後を取られるとは。ここが戦場だったら俺の儚《はかな》い命は間違いなく散っていた。

というか偏見凄《すご》いな。男が皆胸の大きさ一つで簡単になびくと思ったら大間違いだ。それが男子高校生だったとしてもである。

「お前がそんなことで落ち込むのは似合わないな」

「……どういう意味なのそれ。悩んでる女の子にかける言葉じゃなくない？」

文句ありげに背中をぽかぽかと叩《たた》かれる。効果音の通りまるで痛くない。

「自らのことに関しては自信に満《み》ち溢《あふ》れてるのが俺の知ってる神崎琴音だからな。らしくない、ってことだよ」

後ろを振り返ると、顔をうずめていたであろう枕を放して瞬《まばた》きをぱちぱちと繰り返す神崎がいた。

「……何そのキザなセリフ。私、教えた憶《おぼ》えないんだけど」

「安心しろ。俺も今までお前に言葉を教わったことは一度もないから。そもそも俺はオウムでも何でもないがな」

「好き。これ復唱して」

「最初に教えるのはあいさつだろうが。人間として当たり前のことだと思う」

「教わるのはいいんだ……。でもまあ、確かに私らしくないかもね。他人に嫉妬したことだってないし」

嫉妬は言い換えれば、他者への劣等感。何ものにも秀でた神崎に、そんなものを抱けるような心のスペースはないのだろう。ここまで来ると人間的にチートだよね。あといくら何でも立ち直るの早すぎ。俺としてはありがたいが。

ベッドから立ち上がると神崎が出しっぱなしにしたラノベを回収していく。まったく、片付けくらい幼稚園児でもできるぞ。

「何か持って帰るか？　言っておくが、表紙がこういうのでも内容は普通だからな」

中学の頃、そういう勘違いをされるのが嫌でブックカバーを購入したのが懐かしい。しかし、当時こそ疑問を抱きはしなかったが、実はそっちの方がかえってリスキーだったりする。というのも人間、誰しも隠されているものにほど興味が湧いてしまうものだからだ。あと見えそうで見えないのもいい。チラリズムは正義。

まあ結局、勘違いされたとしても誰からもそれをからかわれることはなかっただろうから、無駄な心配だったんだが。読まれている本には興味が向くのに、それを読んでる張本人には興味がないのかよ。かつてのクラスメイトは薄情である。

「うーん……どうせならさっきの続きが……ふぁぁ」

「随分健康的だな」

後方から随分と可愛《かわい》らしいあくびが聞こえてきたが、時計の針はまだ午後九時を回ったばかりだ。そういえば金曜ロードショーやってるな。何をやってるかまでは知らないが。

「今バカにしたでしょー。言っとくけど、いつもこうってわけじゃないから」

不満げに僅かに目を吊《つ》り上《あ》げながら、足をばたばたする神崎。おいそれ俺の寝床。

「そういうことにしとく。俺も今日はいつもより疲れた」

眠気こそないものの、体はもう休みたがっている。とりあえず肩だけでも解《ほぐ》しておくことにした。

「なんだかんだ勉強ちゃんとしてたもんね」

「そんなところだ。そういえば、明日は午前練だよな？　朝送る」

「結構早い時間に出る予定だから大丈夫だよ。朝苦手でしょ？　香純ちゃんに何度も注意されてるもんね。遅刻ギリギリだって」

香純ちゃん……というのは担任の糸井先生の愛称だ。生徒間ではお馴染《なじ》みである。俺は絶対呼ばない、もとい呼べないけど。

「間に合ってんだからいいと思うんだけどな」

「まあでも、そういうことだから。たまには我慢してあげる健気《けなげ》さも見せておこうと思って」

どうやら俺を寝かせたままにしてくれるらしい。それはそうと、こうしてアピールするのが健気さってものだっけ？　ゲシュタルト崩壊が止まらない。

「……悪いな」

「気にしないで。じゃあおやすみー」

緊張感なくそう言って、神崎は自らに布団をかけて目を閉じた。一気に部屋が静まる。

いつも通りだというのに、今の数分の出来事のせいで少しの違和感も覚えてしまう。

少し早いが俺もそろそろ…………………………ん？

なんでこいつ普通に俺の部屋で寝ようとしてんの？

「おい、ちょっと待て起きろ」

「……うーん……」

軽く肩を揺すってやると、身じろいで反対側に寝返りを打ってしまう。この様子では仕方ないか。

——実力行使しかあるまい。

「え、ちょ、寒っ!?　突然何するのー……？」

目をこすり、体をさすった神崎。ジャージが少しずれて白いうなじが控えめに顔をのぞかせている。この反応……もしかして本当にこの一瞬で寝てたのだろうか。

「……どうして俺の部屋で寝ようとしてんだよ」

「んー？　えっと……ベッドに私の匂いをつけて、明日からの篠宮を悶絶《もんぜつ》させるため」

「……なるほど。まあ残念なことに俺は寝る前と起きた後に必ずファブるタイプの人間だから、匂いなんて残んないぞ？」

デスク上に件《くだん》の消臭スプレーが、まるでインテリアのように置かれているのもそれが理由だ。最近は揚げパスタの方にも関心がある。

「……何そのタイプ。はあ……彼氏が潔癖症とかめんどくさ」

少しだけ口調が元に戻ってきた。今は夢うつつというわけではなさそうだ。

「ルーティーンみたいなものだから潔癖症ってわけじゃない。ていうかお前がそれ言う？　今の目的とか特殊性癖と言っても過言じゃないだろ」

「あ、あれは冗談だよ……まさか本気で受け取るなんてなー」

「……そうか」

ものによっては臭いものには消臭ではなく、黙って蓋をした方がいい時もある。故人のお墨付きだから間違いではないはずだ。

「確か最初は美玖の部屋で寝るとか言ってたよな？」

「ああうん。そうなんだけどね、さっき美玖ちゃんからこんなメッセージが届いたんだよ」

伸びをした後に差し出された神崎のスマホの画面に目を落とす。

『肌のゴールデンタイムなのでもう寝ますね！　おやすみなさいです！』

三十分ほど前に送られているそのメッセージ。つまり美玖は八時台に寝るほどの健康優良児というわけだ。あくまでもこの文面では。ていうかいつの間にライン交換したの君たち。さすがはトップカースト同士。段階が進む進む。

「寝ている中、部屋に入って起こしちゃったら迷惑でしょ？　だからこうして篠宮の部屋を寝床に選んだの」

「……本当にその通りならな」

「……？」

不思議そうに小首を傾《かし》げる神崎。親しげとはいえ初対面だ。知らないのも無理はない。

美玖はかつて俺と一緒に夜遅くまで、なんなら数えられるくらいではあったが、酷《ひど》いときは日をまたいでゲームをしたこともある。あいつにとってのゴールデンタイムはアイテムを取って無敵になった時であることを兄の俺は知っているのだ。今でこそ据え置きのゲームをする機会はほとんどなくなったが、多分今頃、布団をかぶってソシャゲなり、携帯型ゲームなりをしてることは容易に予想できてしまった。それでいいのか受験生。まあ、ここであいつにどうこう言っても仕方がない。代わりに目の前の眠たげな天使に、だな。

「ていうか何だその謎理論。まるで俺には迷惑をかけてもいいみたいじゃねえか」

「ひどい……私がここにいるのは篠宮にとって迷惑なんだ……！」

「いや、そうとまでは言ってないけど……」

両手をさっと目元に運んだ姿に少したじろぐ。無論、これが嘘泣《うそな》き……というか悲しむ演技なのはわかっている。でも実際女の子にこうやられると下手《したて》に出るしかないのが、童貞が童貞と言われる由縁なのかもしれない。そしてそこに付け入るのができる女というやつで。

「じゃあ私はここで寝まーす」

あっさりと、自らの利益を掻《か》っ攫《さら》っていかれた。布団で顔を隠した神崎を見て「これはどう切り込んだって話は平行線だな」と悟る。仏になれちゃったよ。

「……わかったよ。俺は他で寝る」

ため息を一つだけついて俺は立ち上がった。

リビング……は首痛めるから、親の部屋で寝るか。使用者が不在の時が多いが、さすがは掃除ガチ勢。しっかりと清潔さは維持している。もはやプロフェッショナルの域だな。おそうじ本舗からのスカウト待ってます。

「わざわざ移動しなくても、私と一緒に寝ればいいじゃん」

自分の腰から下を覆う布団を上げて、自らの隣のスペースを強調してくる神崎。仕草といい表情といい、素で言っているのかそれとも冗談なのか、判別がつかない。

それでも流れに流されたくはなかった。

「そのスペースに俺が入ると思ってんのか？　意外とお前の占有率高いからな？」

「私が大きいみたいに言わないでよ!?」

「さっきまで望んでただろ。大きいって評価を受けるの」

「………意地悪」

そう呟《つぶや》いて再び、今度はいじけるように布団をかぶった神崎に背を向け出口に向かう。

今日に限ってはこれでいい。

そしてこのラノベだが……本人の希望通り貸すことにしよう。今月に出た新刊でまだ俺は読んでいないが、最初から半分ほどまで読み進めたのならぜひそのまま最後まで完走してもらいたい。

「そんじゃ、おやすみ」

パチンとスイッチの軽快な音が鳴って室内の電気が消える。どうせ返事などないだろうと踏んで、そのまま部屋を後にしようとしたところで、

「ちょ、ちょっと待って。ていうか一回点《つ》けて」

どこか必死な様子の神崎に呼び止められた。とりあえず言われた通りにしておく。

「なんだよ？」

「ま、豆電球とか……ないのかなって」

顔をあからさまに逸《そ》らし、声は震えている。ほほう。

「もしかして怖いのか？」

それだったらシンプルイズベストに従った方がいいというわけである。

「そ、そうなんだ……ありがと」

「……相変わらず単純だなー。ねえ、お兄ちゃん。ついでに私は？」

神崎の横に飛び出した美玖の姿は午前中見た時と変化がない。

「そんな足出して寒くないのか？」

ホットパンツでは隠しきれていない白い柔肌《やわはだ》は外気にさらされている。その様は季節的にまるで雪解けのような儚《はかな》さと、見るものを引き付ける確かな魅力を持ち合わせていて……ってどれだけ色っぽく表現しようとも、相手は女子というより妹。興奮のしようがない。これが実の兄妹の、そして日本語の限界だ。ていうかついでってなんだよ。つい答えちゃったけどさ。

「わー気遣い嬉《うれ》しい。身に染みました」

「お前はおでんか。だからその恰好《かっこう》でも寒くなさそうなんだな」

「はあ……それにしても彼氏なんだからさっきの、『あげるとかじゃない。元々俺のものだ』くらい言ったらいいのに」

ため息の返しにリアルを感じた。うぜえとか思われてそうだ。

「少女漫画の読みすぎだろ。第一、ああいう発言はイケメンに限り許されてんだよ。その証拠に今、俺がそうやって返してきてたらどうだった？」

「ひいた。しばらく夕飯は調味料だけにしてたと思う」

制裁が地味に陰湿。性格が表れてるよこれ。

「そういうことだ。あとお前とは個人的に話がある」

罪の意識はあるというのに、まるで反省の色が見えない。これは兄として躾《しつけ》が必要なようだ。漢字で書くといけない行為感が増すよね。

それに神崎がここにいることをまったく気にしていないということは、確実にこいつが一枚噛《か》んでいる。神崎に聞くよりも簡単にわけが聞き出せそうだ。なんといってもあほだし、この子。

「まあまあ、お兄ちゃん。それについてちょっと提案があるんだけど」

「提案ができる立場じゃないだろお前は」

犯人のくせに図々《ずうずう》し過ぎる。

「コンビニに行って買ってくればいいんだよ。コーヒーゼリー」

「……誰が？」

この際、無理矢理《むりやり》話を進めてきたことについては流す。こいつの兄歴ももう長い。今更言動に驚くことはほとんどないのだ。

「お兄ちゃん」

「いや、お前が行くだろ普通。食べちゃったのお前なんだし」

「――と琴音さん」

「だからいい加減に……なんで神崎なんだよ」

「これから帰るらしいから、送るついでにってことで」

確かに先ほど座っていた時には膝元に小さめのトートバッグが置かれていたし、帰る準備をしていたのは納得できる。ただ不明な点は解決していない。

「まず神崎が何のためにここに来たのかすらわかってないんだけど」

件《くだん》の人物に目を向けるも、すっと視線を外された。その様子を見た美玖が付け足す。

「それは教えませーん。女の子には秘め事がたくさんあるの！」

出たよ女の子の○○。こう言われると俺たち男子に反論の余地はなくなってしまう。レディーファースト並みに理不尽だ。ここまで隠されては逆に興味も増してしまうのだが、教えてもらえないことがわかった以上、諦めるしかない。

「それに二人はデートしたことないんでしょ？」

「それとこれのどこが関係あるんだよ」

「はあ……やれやれ、これだから視野が狭いお兄ちゃんは」

両の手の平を上に向け、わざとらしく頭を振る仕草をとる美玖。態度がでけえな……妹じゃなかったらぶん殴ってるぞ。

「——はい、ここで琴音さんから重大発表～！」

「え、ええ⁉　私⁉」

「このチャンス、生かすも殺すも琴音さん次第です！　これと違って、私が言いたいことはわかってますよね？」

「ま、まあうん。……そうだね」

急にバラエティー番組の司会のごとく場を取り仕切り始めた美玖に、何かを察した様子の神崎。どうやら俺だけがこれから起こることを想像できていないらしい。だいたい、重大発表というのは名ばかりで、正常に機能しているところを見たことがあまりないんだけど。告知とか告知とかそれと告知とか、どれも予想の範疇《はんちゅう》内のものばかりだ。そういう意味では、美玖の言う今回の重大発表には期待している自分がいる。もしかしたら神崎から、というところに向けてなのかもしれないが。

「ねえ篠宮。私とコンビニデートしない？」

一歩だけこっちに近づいて、両腕は背後に回したまま神崎はそれを口に出した。ほんとに期待通り、未知数の重大発表だった。だって——。

「そんな単語初めて聞いたんだけど」

「私も成り行きで作ってみただけー。この地域のコンビニなら学校の人と会うことはないだろうし……どうかな？　初デート」

もちろん、意外だったのは聞き覚えのない単語が使われたということだけではない。

「確かに関係がバレることはないだろうが……いいのか？　初デートの場所が大宮とかコクーンとか、そういう代表的なデートスポットじゃなくても」

いかにも童貞臭い思考であるが、だいたいはそんなものだろう。だからこそ、そういうところには人が集まる。そこにわざわざ足を運び、写真などで二人の足取りを記録することがデート、というものなのだ。少なくとも経験のないやつにとっては。

「だってそこだと学校の人がいる可能性があるでしょ？　何より今日日曜だし。まがりなりにも都会扱いで人がよく集まるし」

「言い方に悪意あるだろ……」

もっとマシな言い方があると思う。例えば……発展途上とか？　伸びしろが未知数とか？　テレビとかではあまり話題にならないけど、スーパーアリーナだってちゃんと盛況なんだからな。

「それに、デートはどこに行ったかじゃなくて誰と行ったかでしょ？　私は篠宮と行けるならコンビニでも公園でも、どこでも嬉《うれ》しいよ。ありきたりな言葉だけど、記録より記憶に残るものをってことだね」

こちらの思考など簡単に読み取って、神崎はにこりと笑って見せた。しかしここで素直に頷《うなず》けないのが俺だ。実際には美玖に乗せられた感じがするのがどうしても気に食わない。

「……その語録っぽいやつに従うなら、美玖にコンビニに行かせて家でデートするでもいいんじゃね？」

「……確かに」

「ちょ、琴音さん!? 流されないでくださいよ！」

突然美玖が慌てだした。……やっぱなんだかんだで自分が買い物に行きたくないだけだったか。

「行ってくるか？　美玖」

「い、いやー……ほら、美玖勉強あるし……」

そーっとダイニングテーブルの方に視線を動かす美玖。それを追うと確かに、教科書やらノートやらのいわゆる勉強用具一式が置かれていた。意外とちゃんと受験生をしているらしい。当然のことと言えばそうなのだが、如何《いかん》せんこいつの場合はその様子を見せていなかったのでどこか感慨深い。不良が更生した時に妙に称賛されるシステムかよ。真面目な人は本当に生きづらい世の中。

「そ、それに帰る予定をわざわざ後ろ倒しにするのはあまり良くないことじゃない？」

あくまでも見送りのついで、ということを主張に組み込みたいようだ。この妹は。

「……わかった。俺たちで行ってくる。だから金くれ」

「はあ……妹にたかるお兄ちゃんがこの世にいるなんて。さすがは金欠」

「今回の状況はお前が俺のコーヒーゼリーを食ったことが原因なんだから、何も間違ってないだろうが。被害者ヅラすんな」

「はいはい、あとで渡すよ。だから先に着替えてきて。まさかその恰好のままで外出するとか言わないよね？」

「これはあくまでも部屋着だ。さすがの俺も上下スウェット姿で昼間に外に出る勇気はない。だいたい、外出する時はいつも着替えてることはお前も知ってんだろ」

ボッチ故に周りの視線には敏感なのだ。身なりをそれなりに整え、人混みや景色と一体化し、変に目立つことを避けるのは俺の中では常識である。人混み嫌いだけど。だから普段は進んで外に出ないんだけど。

「そういうことなら、服は私が選んであげるよ。モデルの私が」

「別に服くらい自分で選べる。一般人の俺でも」

　コーディネーターを自ら買って出た神崎だが、俺の方はモデル界のクオリティを求めていない。悪目立ちするような服装を避け無難な感じで仕上げられればそれで満足であるのだが……どうやら神崎に譲る気はなさそうだ。

「言ったでしょ。デートはどこにじゃなくて誰と行くかが重要だって。どうせなら自分の望む姿の篠宮と行きたいんだけど。ベストオブ篠宮的な」

「……意味不明なんだけど。ていうか安心しろ。どの姿であれ結局俺だから。極論ただのたんぱく質だから」

「お兄ちゃんの場合、ところどころ腐食してそうだよね」

「熟成と言え。まだ食えるレベルだ」

　ゾンビ肉って呼ばれるレベルまで熟成させたものもあるって聞くし。誰がゾンビだ。

「いや、非常食でも食べたくないんだけど。ね、琴音さん」

「……まずカニバリズムみたいな話をやめて、元の方に戻して欲しいんだけど、二人とも！」

「あ、ごめんなさい。つい」

　神崎の訴えを受け、動かしていた口を止めた美玖。つい、で自分の兄を腐ってる呼ばわりする妹がいてたまるか。まだ菌扱いの方がマシ。底辺争いだけども。

そして改めて美玖が俺に向き直る。

「服くらい別にいいじゃん。選んでもらったって。それこそ特別なこだわりがあるってわけじゃないいんだしさ」

明らかな助け船にうんうんと横で頷く神崎。この二人、会って一週間も経《た》ってないっていうのに仲良すぎるよね。やはり同性の絆《きずな》の力とやらかしら。経験がないので未知数である。

にしても味方がいねえ……こうした状況下における俺は、孤軍奮闘というよりは孤立無援の方に近い。字面から漂う哀愁さよ。

しかし美玖の言う通り、断固拒否の姿勢を貫く理由がないのは確かだ。

「……じゃあ、行くか？　俺の部屋」

金曜日の場合は勝手に忍び込まれていたためにその限りではなかったが、いざ自分の部屋に彼女を誘うとなると少し意識してしまう。顔に出ることは何とか防げた……と思いたい。

「うん！　そうと決まれば善は急げ、だね！」

「善なのか？　これ……」

「少なくとも私にとってはね。ほら、早く。コーヒーゼリーなくなっちゃうよ！」

「コンビニの在庫はそう簡単に尽きないと思うぞ。ていうか俺の部屋だから」

なんで来客である神崎が俺を先導する形で、既に階段を上り始めているのか。少しは自重しろよ。

「はあ……まったく世話が焼けるね、二人とも」

「お前にだけは言われたくない」


なんだかんだで着替えが済んだので、美玖からお駄賃をもらいにリビングへと下りてきた。美玖の方が可愛《かわい》げがあるからと、お小遣いやお年玉の金額が多く設定されていることには未《いま》だに納得ができない。俺だって元はあいつと並ぶくらいキュートだったんだけど？

「金くれ」

「それが人に物を頼む……」

「どしたよ？」

美玖は走らせていたペンを止め、珍妙なものを見るかのような眼差《まなざ》しを向けてきた。上から目線での物言いが途中で鳴りを潜めたあたり、本調子には見えない。俺の顔にトリュフでも付いてんのか？

「……いや、後ろ」

言われて振り向く。

「……って怖い。背後霊じゃねえんだから」

いつの間にか俺の背後には神崎がいて、どこか期待に満ちた視線を俺……ではなく美玖に向けていた。これは確かに言葉を失うのもわかる。ていうかお前がこういうの苦手なんじゃないの？　まあ、どちらかと言えば可愛さの方が上回っているが。

「美玖ちゃんはこの恰好《かっこう》の篠宮見て何も思わない？」

「いえ、特に」

「そっかー。やっぱ兄妹《きょうだい》だからなのかな……」

「まあ、いつもよりセンスあるなくらいには感じてますけど、琴音さんが選んだなら当然じゃないですか」

「馬子《まご》にも衣裳《いしょう》だよな、マジで」

神崎が選んだ俺の今の服装は、白のトップスにベージュのアウター。そこに黒のスキニーを合わせたものとなっている。素人目で見ても、ファッション雑誌とやらに載っていそうなコーデだ。モデルすごい。

「すぐそういうこと言う。ほら、襟が乱れてるよ」

不意に、アウターの襟元に神崎の手が伸びてきた。突然近づいてきた神崎の顔に少し緊張していると、目が合った。まるですべてを見透かすような瞳に喉を鳴らす。そしてにこりと目の前で笑みが作られるのを黙って待つことしかできない。

「うん。やっぱり顔もなかなかだと思うよ。全然、馬子なんかじゃない」

件《くだん》の顔だけを逸《そ》らす。

「……最近の自撮りアプリ並みのフィルターでもかかってんじゃないのか？」

「素直じゃないんだから。はいはいそうかもね～」

……くそ！　こいつは盛る必要のない人種だから渾身《こんしん》の皮肉も効かないのか！　美人って反則だよね、色々と。

「それにしても、篠宮の服って誰が選んでるの？　全部センスがよくて一つに絞り込むのに苦戦したんだけど」

「なるほど。だからこんなに時間がかかったんですね」

会話に釣られて時計を見ると、三十分ほど部屋にいたことがわかる。

「そうなの。時間かかりすぎちゃって篠宮に『何か買ってやるから早く決めろ』なんて言われちゃった」

「……見事に釣られちゃってる」

「意外と単純なんだよ、こいつ」

結果モンブランを買うことで話がまとまった。スイーツは世界を平和にするのだ。……

そんなことよりも、聞き捨てならないことがある。

「その言い方だと、まるで俺にセンスがないみたいなんだけど」

「というよりかは篠宮が服をお店とかで選んでる姿が、想像できないんだよね」

「お前には俺が原始人にでも見えてんのかよ」

「でも実際お母さんチョイスじゃん」

「へー、やっぱり篠宮本人じゃないんだ。普通の男子高校生なら自分で選びたがると思うけど〜？」

興味とからかいが半々に込められた視線が俺に向けられた。

「母さんが嬉々《きき》とした感じで買ってくるんだよ。それで見た通りのセンスだから、自分で調達する必要性がないってだけだ」

「言い換えると自我がないとも言えるよね」

「そこまで言う？　妹のお前だってその恩恵受けてただろうが」

「美玖の場合は小学生まで。今は自分で選んでるもん」

「どうでもいいけど、『私』じゃなくていいのか?」

一瞬、沈黙がリビングを満たす。

「……そうだ、忘れてた。お金用意しなきゃ。……愚兄のために」

そう言い捨ててリビングから姿を消した美玖。まだ準備してなかったのかよ。

こんな具合なら隠し通すことなどままならないだろう。思春期故に少し背伸びをして、他人の前では大人らしく振舞っているのだろうが、あいつには似合ってないし、妹信者の神崎だってそっちの方が喜ぶ。俺に手助けをする気はなかった。あと謙称のはずなのに、なぜか字面通りに聞こえたのは気のせいかしら。完全に八つ当たり。

「二人きりだね」

神崎が突然そんなことを口にした。

「改まってなんだよ。さっき部屋にいた時だってそうだっただろ」

「ほら、その時は服選びに夢中だったから。篠宮をどう着せ替えようかしか頭になかったかな」

「俺、バービー人形でもリカちゃん人形でもないからね」

ソファに座り込んだ神崎は「ん〜」と声を上げながら伸びをした。服装のせいかそれさえも気持ちいつもより上品に見える。

「……やっぱ自分で服とか選んだ方がいいか？」

「急にどうしたの？」

「いや、まだ母親に任せてるって……お前的にもあんまし良い印象じゃないのかと思ってな」

俺の言葉に目を丸くした後、何かを察したように柔和な表情を浮かべた神崎。

「別に。服は似合うか似合わないか、組み合わせがすべてだから気にならないかな。誰が選んでるとか、誰が買ってるとかは。実際、私が迷うくらいのラインナップだったし。それに適材適所みたいな考え方は篠宮らしいと思うもん」

「……そうか」

肯定だらけの言葉を密《ひそ》かに噛《か》み締《し》める。しかし、それだけでは終わらないのが神崎だ。

「でも、そうやって周囲に流される感じはらしくないよね〜？　何せいっつも一人でいるんだから」

「……」

質問にだんまりを決め込む。……どうせ、抵抗しても言い訳しても無駄なことは理解しているから。わざわざ問いかけで遠回りしていくとか、ほんとたち悪い。

「世間っていうより私の反応だけが怖かったんでしょ？　ひかれたり、距離を置かれたりするのが。違う？」

「……自意識過剰は嫌われるって言ったろ」

「嫌よ嫌よも好きのうちって言うじゃん」

「俺男なんだけど」

「誰も篠宮に、とは言ってないけどね」

「──愚兄《ぐにい》ちゃん集合ー」

リビングに戻って来た美玖の声を聞くと、神崎は満足そうな表情を浮かべ「じゃあ家の前で待ってるね」と玄関の方に向かった。

「何その顔」

「……なんでもねえよ。ていうかその呼び方定着させないでね」

「そんなことよりほら、英世《ひでよ》さん」

美玖が千円札をこちらに差し出してきた。

「多くないか？」

「琴音さんに何か買うんでしょ？　貸し一つということで手を打ってあげるよ」

「……いいのか？」

「まあ、美玖がコーヒーゼリーを勝手に食べちゃったのは事実だしね」

あれ、妹がいつもより優しい。それでも貸しが一つ出来るんだとかとかいうツッコミもなくはないが、ここは素直に感謝しておこう。

「ありがとな。助かる」

「いえいえ。あとついでに私の分のデザートとチョコも買ってきて。糖分補給用。どっちも種類はなんでもいいから」

前言撤回。やっぱりほぼおつかいに近いじゃねえか。

❤

俺と神崎は近所のコンビニに入店した。行きつけのコンビニなので、入って早々俺たちを迎えるのは季節のお菓子に染まった商品棚ということは大方予想出来ていた。限定という二文字を真っ先に客の目に入れ、買わせようという店員さんの目論見《もくろみ》が見て取れる。

だが甘い。そこに並ぶイチゴ味のチョコ菓子よりも甘い。

ボッチは無駄と縁がない生き物だ。放課後の教室に残って駄弁《だべ》ることはないし、一緒に遊びに行く友達もいないために場に流されて無駄金を消費することもない。言い換えればそれは、効率主義とも言える。買い物において買うものがはっきりしている、いわばそれが目的であるにもかかわらず、それ以外のものを買うなど愚の骨頂だ。だから俺はここでスルーを決められる。残念だったな、店員のお姉さん。

「――見てみて！　春限定のお菓子が結構あるよ！」

ぐいと袖が引かれ、過ぎ去ろうとしていた棚の正面で無理矢理《むりやり》足を止めさせられた。そういえば今日はトップカースト側の刺客がいたんだった。見事に店側の術中に嵌《はま》ってるじゃねえか首席。

「初めて見たわけじゃないだろ別に」

「そうだけど、やっぱり限定って書いてあるとね～」

トップカーストにとっては買い物は楽しむものなのだろう。棚に置かれたお菓子を物色するその横顔は、とても事務的な行為を行っているようには見えない。本なら共感できるんだけどな。

「なら美玖希望のチョコレート菓子、選んどいてくれ。俺はデザートの方担当するから」

「役割分担ってこと？」

「ああ。その方が効率がいい」

「えー、それデートの意味ある？」

「来てみて我に返ったけど、ここで何もすることないだろ。その分駅まで遠回りとかした方がよっぽど有益だ」

「意外と乗り気だね」

「悪いか？」

「むしろウェルカム」

「ならそれで」

　こんな感じで神崎と店内で別れ、入り口から見て最奥のレーンに位置するスイーツコーナーに足を運んだ。

「相変わらずクオリティーが高《たけ》えな……そのうちコンビニだけで用が済むようになるだろ」

　商品棚に置かれた完成度の高いスイーツの数々に、そんな呟《つぶや》きを漏らしながらまずは一種類しかないモンブランをかごに入れた。美玖も特別嫌いとかではなかったはずなので、もう一つ追加。あとは肝心のコーヒーゼリーだが。……どうしよ。こうして目の前にすると、服を選ぶ際の神崎のことを責められないくらい迷ってしまう。

「──ここは贅沢《ぜいたく》に行きましょうよ」

「いや、高けりゃいいってもんじゃ…………どちら様？」

　肩越しにかけられた、聞き覚えのある声に思わず反応してしまうも、振り返った場所にいたのは記憶にある人物ではなかった。……いや、正確には顔はそっくりだけど髪型といい髪色といい、頭部パーツががあからさまに違うって感じ。フィギュアかよ。

「ひどい……！　先輩にとって私は所詮遊びだったんですね……！」

亜麻色のウェーブがかかったボブヘアーの少女は大袈裟《おおげさ》ともいえる仕草で、両手を猫の手みたいにして目元を覆った。俺を先輩と呼ぶやつは一人しか心当たりがない。それにこのめんどくささ……確定だな。

「公の場でそういう発言をするな。名誉棄損で訴えんぞ、姫島《ひめじま》」

「お、どうやらちゃんと憶《おぼ》えてたようですね。一年ぶりにこんにちはです。先輩」

目の前でけろりと声の調子や表情が変わる。

彼女の名前は姫島かぐや。中学の頃の、そして俺が関わりのあった唯一の一学年下の後輩だ。あざとい笑顔はまだ健在らしい。

「憶えてたというよりは一致しなかっただけだけどな。何その髪色。もしかしてグレちゃったの？」

俺の記憶にある姫島はザ・日本人という感じで黒髪だった。校則に拘束される義務教育期間の髪色は基本的に地毛なので当然とも言えるが。

「違いますよ！　これはいわゆる高校デビューです。よくあるじゃないですか。『高校からが私の青春のスタートだ！』って。そんな感じですよ」

「いや、お前の場合は中学で始まってるだろ。デビューってのは俺みたいなやつがした場合に使われる言葉だ」

クラスはおろか、学年も違ったためそこまで詳しくないが、廊下で見かける時には必ず大勢の輪に入り込んでいた記憶がある。きっと友達の多い、俺とは対極の存在なんだろう。

「じゃあ……結局失敗したんですね」

「何を根拠に勝手に悟って憐《あわれ》みの視線を向けてきてんだよ。してないから。たとえの話だから」

それに迷わず失敗したとジャッジするあたりよ。チャレンジしても事実だっただろうから何も言えないけど。

「あ、でも今日の服装はいい感じですね。デビュー感出てますよ。先輩の私服自体、見るのは初めてですが、馬子《まご》にも衣裳《いしょう》ってこのことを言うんですね」

「……最高に嬉《うれ》しい誉《ほ》め言葉だよ。服は喜んでる」

「ふふ、どういたしましてです」

社交辞令も知らないのかこいつは。というか結局俺はどっちなんだよ。神崎にフィルターがついてるに一票。

「それにしても、まさかコンビニで再会を果たすとは思ってなかったです。もっと感動的な場所にしてくださいよ」

「俺に設定権はないし、別に感動的なものではないぞ。むしろめんどくさいやつと遭遇するなんて最悪の星回りだ」

「しし座。今日一位でしたけど？」

「そっちの星じゃねえし、あんなのそれっぽいことを言ってるだけだ。あとよく憶えてたな俺の星座」

「無駄なことほどよく頭にこびりついてるみたいなことありません？」

「……あるな」

納得しちゃったよ。それと今のこびりついてるっていう言い方、悪意満載なんだけど。厄介な汚れ扱いするのやめてくれない？

「何しにここに来たんだよ？　お前の家、確か北与野より向こうだろ」

一応だが、向こうというのは大宮側である。ね？　何もないこっち側にいるのマジで謎でしょ？

「実はさっきまで中学にいたんですよ。今はその帰りです」

さらに一応だが、このコンビニは俺たちが通っていた中学から一番近い距離にある。だからと言って疑問が消え去ることはない。謎が謎を呼ぶのである。

「なんで中学にいたんだよ」

「もう、先輩ったら私に興味ありすぎ。実は今日は中学の友達と集まりがありまして。その話の中で突然、『中学に遊びに行こう！』みたいなノリが生まれちゃったってわけです」

「……謎展開なんだけど」

「ま、友達のいない先輩にはそうかもしれないですね」

「ほっとけ」

「その反応、もしかして高校でもおひとり様なんですか？」

「……ほっとけ」

「図星か～」

あははと楽しそうに笑う姫島。おい、こっちからしてみれば笑い事じゃないんだよ。

姫島はひとしきり笑い終わると、慰めるようにぽんぽんと肩を叩《たた》いてきた。

「仕方ないから、私がまた面倒見てあげますよ」

「まずお前に面倒見られたことはない。それとどういうことだ？」

「ふふふ。なんと私、この春から稜永《りょうえい》高の生徒になったんです。つまり、一年を経て再び私は先輩の後輩となったのでした」

「冗談はよせ。お前が稜永に入れるはずがないだろうが」

　稜永高校は県でも知名度のある公立高校で、進学校。こいつみたいに頭緩そうなやつがほいほいと入れるような学校ではないのだ。まだエイプリルフール気分なのかな？

「なんですかその反応はまるで私がバカみたいな！　言っておきますけど、私こう見えて勉強はまあまあできるんです。先輩は学年違ったから知らないかもしれませんが」

「ああ。まったく知らなかったし、一瞬でもそうなんじゃないかと疑ったこともない」

「二言目いります⁉　百パーの悪意じゃないですか！」

「事実なんだから別にいいんだよ。ていうか、お前が稜永に来る理由とかなんなわけ？」

「校則が緩いからですよ。じゃなかったらこの髪色にしてませんし、できません」

　へー、稜永って校則緩い方なのか。知らなかった。故人曰《いわ》く郷《ごう》に入っては郷に従え。俺にとって校則など取るに足らないものであっただけだ。知る由もなかった。だいたい髪なんて染めても俺には似合わんし、元々興味がない。どうせ年を取れば自然と色変わるし。

「校則の厳しさに左右されるとか、結局チキってんじゃねえか。デビューさんが」

「うっざいですね……ていうかそういう先輩はどんな理由なんですか！」

「俺はとりあえず行けそうな高校で、一番偏差値の高い場所だったってだけだ」

「一周回って私よりくだらないじゃないですか、それ」

「でも誰もが一度は考えたことがあるだろ？　いわば王道ってわけだ」

「私のだって女子目線からしたら王道です！　ていうか遠回しに自分の成績の良さをアピールしないでくれます？」

「そこに気づくなら、確かにお前は頭がいいのかもな」

「……どうせそれしか取り柄がないくせに」

「言い方気をつけてね……」

学校生活の中でボッチにやれることは限られているのだ。中学の頃は持ってきた本を読み終わってしまうと、それからは決まって勉強していた。そうなれば自然と成績も上がってくるものである。俺ってば優等生。成績表で協調性について言及された時はその限りではなくなるけど。最近の先生は何かと意識して、遠回しな言い方でコメントを残してるけどかえってそれが心に染みた。

「まあそんなことより、私のおやつ選んでくださいよ。二人の再会を祝して！」

そう言って姫島は袖を引っ張って、俺を近くのサンドイッチコーナーに連れて行く。お前のおやつサンドイッチなのかよ。珍しいな。

「――あれ、奇遇だね。篠宮くん」

明るく、よく通る声。

ドリンクコーナーの方から姿を現した神崎は、こちらに歩みを進めてくる。偶然を装ってということは、姫島が稜永生だという会話を聞いていたのだろう。律儀にかごまで持ってくれている。

「わお。すごい美人。先輩のお知り合いですか？」

「あー……ただのクラスメイト」

一瞬神崎から不満のこもった目で睨《にら》まれたような気がするが気のせいだろう。我慢して。

「へー。わざわざ先輩に話しかけてくれるなんて優しい人ですね」

「優しいの基準がひでえな」

にしても姫島の反応……神崎のことを知らないのか？　さしもの人気者でも、入学したばかりの一年生の中では知名度は高くないということなのか、単にこいつが疎いだけなのかよくわからない。

「神崎琴音です。篠宮くん、その子は？」

「こいつは」

「──先輩の彼女の姫島かぐやです！」

俺に被《かぶ》せてそんな爆弾発言をかましつつ、姫島は俺の左腕に抱き着いてきた。あ、柔らかい。一年の間でこれほど成長……ではなく！

「……離れろ。あと軽々しく嘘《うそ》をつくな」

邪《よこしま》な思考を追い出し、絡みついた姫島の腕を強引に引《ひ》き剝《は》がした。

「ちぇ〜。冗談くらい、別にいいじゃないですか。そんなだと人生永遠に灰色ですよ！　ね、神崎先輩？」

「……限度はあると思うけどね」

神崎の引きつった笑顔なんて初めて見た。いくら明かしていないとはいえ、彼女本人相手に彼女なんて片方にとっては冗談として成立していない、いわば一方通行。そんな反応になるのも無理はないと思うが……俺が指図したわけじゃないからそんな冷たい視線を送らないでいただきたい。仕切り直しに咳《せき》ばらいでもしておく。

「……こいつは中学の頃にちょっと接点があった後輩だ」

「接点と言えば！　なんで先輩、中学の時みたいに図書室に通ってないんですか。放課後行ってるのに一回も会ったことありませんよね？」

「そりゃあ部活してるからな」

「あの先輩が!?　一体何ができるっていうんですか！」

「そこは何部かを聞くところだろうが。……本読んでるだけだよ。文芸部だ」

「なるほど。それならイメージ通りかもです」

「それは何より」

「じゃあそういうことなら私もその文芸部っていうのに入りますよ。さっきからの様子じゃどうせ部員は先輩だけでしょうし、明日からちょうど一年生の部活動の入部が始まりますから。やっぱり今日はついてますね、しし座」

「どこらへんがだよ」

「そんなの、こんな可愛《かわい》い女の子と二人きりで部活ができることが決定したからに決まってるじゃないですか。なかなかないことだと思いますよ？」

「まずそれがご褒美みたいになってるのが――」

突如大きな咳ばらいが場にもたらされた。自然と俺たちの視線はその発生源へと向かう。

「……随分と仲がいいんだね？　ちょっとの接点とは思えないくらい」

それを聞いた姫島は俺の隣から離れ、向かいの神崎に近づいた。ほら、初対面にもかかわらずこのパーソナルスペースに一瞬にして入り込む動き。これこそトップカーストのやつらがインベーダーと呼ばれる由縁だ。呼んでるの俺だけだけど。そしてもちろん同族の神崎がそれに動揺を見せることはない。

「地道にコツコツと築き上げられた関係ですから」

「そんな大層なもんじゃないだろ。ただラノベとかの話をしてただけだし」

「へえ……ラノベの話……ね」

「先輩は馬鹿ですか？　一般の方にラノベがわかるわけないじゃないですか。ごめんなさい、神崎先輩。この先輩《ひと》、気が回せないので」

「余計なお世話だ」

「――わ、私だって！　……ラノベくらいは知ってるよ」

徐々に勢いが落ちていった神崎の声。最後の方は店内放送にすらかき消されるほどの音量になった。

そこでくるりとこちらに向き直る姫島。その表情はどこか満足そうに見える。

「では私はこれで失礼します。帰りにそこの書楽によって新刊を入手しなければならないので。先輩はもう読みました？　期待の新作、『告白スペクタクル』を！」

「あ、それって……」

「……いや、買ったは買ったけどまだ読んでない」

そう。何やらピンときたような神崎の反応からもわかるように、例の新作は俺が神崎に貸したものだ。俺は貸す前の途中で進行が止まっていて、読み終わっていないので読んでいないも同然である。

「へー、先輩にしては珍しいですね。そうだ！　せっかくですし、明日から一緒に通学しましょうよ！　もちろん新都心から乗ってますよね？」

「ばか、一駅分定期代が浮くんだから与野に決まってんだろ」

「ケチだな……。それにコクーンとかで寄り道が楽しめる新都心を選ばないとかそれでも学生です？」

「ていうかどっちにしろ最寄り駅じゃない件について」

「それは私も知りませんよ。京浜通ってない北与野さんに直接お願いします」

見事に丸投げされてしまった。そういえば最近埼京線使ってないな……なんか思い出したら恋しくなってきた。今度大宮のメイトにでも行こ。

「あ、じゃあそういうことなら電車内で合流しましょうよ！　こんな可愛い後輩と一緒に登校できるとかこの幸せ者～」

「やだよめんどくさい。だいたい、俺の通学ギリギリだから」

学校の最寄り駅から早歩きで歩いて、教室に着くとちょうどチャイムが鳴るレベル。まるで重役出勤だね。というか自己アピールがさっきから激しい。かといって否定できるものでもないため、余計にたちが悪いのである。

「いや、そんなかっこつけて――」

「そ、そうだね。たまに遅刻判定食らいそうになってるもん、篠宮くん。もっと早く来てもいいのに」

随分食い気味だな……神崎のやつ。そんなこと、今更ここでするような話でもないだろうに。あと今になってくん付けはくすぐったい。どうにも脳が勝手に付き合う前を思い出してしまう。

「……え、ちょ、ちょっと待ってください！　神崎先輩って稜永生……なんですか？」

明らかな動揺が見て取れる姫島。声は微《かす》かに震えている気がする。

「何を今更。クラスメイトって言っただろ」

「……私てっきり中学の頃のかと。この地域ですし」

「あー……それはまあ、本人にも色々あるだろ。ここにわざわざ来る用事だって」

俺もそれは知らないけど。視線を神崎の方に徐々に流し説明責任を押し付ける。

「う、うん！　ちょっと色々……ね」

結果恨みのこもったジト目を一瞬だけ頂戴した。やはりそこら辺は秘密のままらしい。

ていうか俺じゃなくて、まともな言い訳になるような場所のない与野を責めて。まあ、だからと言って大型ショッピングモールを造れ、なんて言わないけど。人が集まり過ぎず、住みやすいのが埼玉もとい与野のいいところである。住めば都と言うべきか、俺も結構愛着は持っているのだ。

「……そうですか」

「ところでお前は何時頃に通学してんの？」

どこか俯《うつむ》き気味だった顔が上がる。少し様子がおかしいと思ったが、要らぬ心配だったらしい。元の生き生きとした表情だ。鮮度が良すぎるのが玉《たま》に瑕《きず》だが。

「だいぶ早いと思います。先輩と違ってリア充なので、朝からおしゃべりの予定が入ってるんですよ〜」

例えばこうして事あるごとに先輩である俺を煽《あお》ってくるところとか。中学校からまるで変わってない。

「出たよその安っぽい単語。他人に俺の充実度が計られてたまるかって話だ」

元は確かネットで使われ始めた造語だったはずだ。それが今や学生たちの間で浸透し、個人を計る物差しとなっている。まさか充実度まで客観的に判断されることになるとは。みんな違ってみんないいいも知らないのかよ。その曖昧な評価基準自体、割り切れればどうってことないが、そういう「空気」が絶対権力を握っているのが学校という閉鎖空間だ。固執する輩《やから》が出てきてしまうのも、無理のないことである。

「うわー、やな感じー。いいんですか？　現クラスメイトの前なのにそんな感じで」

意味ありげに姫島の視線が神崎の方に向かう。

「まるで俺が普段猫かぶってるみたいな言い方だが、残念なことに自然体だ。何かを隠してるとかはない」

というか神崎は既に俺がこういうやつだってことを知っている。言えないけど。

「誰とも話してないだけですよねどうせ」

「まあそうとも言うな」

むしろ自然体どころではなく、すべてをさらけ出してる状態である。来る者拒まずな態勢なのにどうして誰も近づいてこないのか、不思議で仕方がない。

「でもこれではっきりしたな。俺みたく大人しく一人で通学しろ」

「残念ながら先輩より交友関係が広いので、通学途中で友達と一緒になるんですよ。仲間意識、迷惑です」

「途端に辛辣になるじゃん……」

「私からのせっかくの誘いを無下にするからですよー」

「朝からお前みたいなやつと登校するくらいなら、エナジードリンクでも飲んだ方がマシだ」

「どういう意味ですか!?」

「そのまんまの意味だよ。ていうか本買いに行くんだろ。ほら、おやつならフルーツサンドでいいんじゃないか？」

「うわ、無難なチョイス。つまんなーい」

要望に応えてやったのにこの言われようである。しかも指摘が意外と刺さる。きっと冒険という意味合いを込めてカツサンドを渡した場合でも「いますよね。こういう奇を衒《てら》った行動をする人。あと女子にカロリーの塊渡すとかサイテーです」とかこいつの場合平気で言ってきそう。俺にどうしろと？

「まあ、選んでもらったのでこれにしますけど」

棚からフルーツサンドをピックアップした姫島。意外と律儀だな。

「それじゃあこれで失礼しますね」

「ああ」

「……神崎先輩もさようなら〜」

「う、うん。今度は学校でね」

神崎と視線を交わし、手を振ったあと姫島は身を翻しレジへと向かう。そしてやがて退店を知らせるチャイムが鳴った。……どっと疲れた気がする。あいつ、無駄にテンション高いんだよな。少し分けて欲しいくらいに。

「はいこれ。選んでおいたよ、美玖ちゃんへのチョコレート」

「サンキュ。あとは肝心のコーヒーゼリーか……」

「私、外で待ってるね」

「あ、ああ。わかった」

淡々とした足取りでそのまま出入り口へと向かっていった神崎。あれだけ服選びの時に急《せ》かしてきたくせに、と呆《あき》れられてしまったのかもしれない。

「……これでいいか」

なるべく早く後を追おうとして、結局一番食べた経験があるものをチョイスしレジへと向かう。

「──あの、お客様……」

「あ、はい」

「他のお客様の姿がないとはいえ、あそこまでお騒ぎになられるのはご遠慮いただきたいのですが」

「……すいません。ご迷惑をおかけしました」

コンビニで、というかお店で初めて注意された。まるで俺が保護者みたい。元凶は既に帰ったというのに。あいつまじで許さん。

「あ、そのモンブラン、一つだけ袋別でお願いします」

「……わかりました」

怒られた後に話しかけるって勇気がいることだと、個人的に超思う。

# 幕間❤彼女だけが状況を俯瞰する

私はこれまでの人生で一度も、嫉妬をしたことがない。そしてそれはこれからも変わらない……とついさっきまではそう思っていた。どうやらどんな物事にも例外はあるらしい。

「あいつのせいで店員さんに怒られたんだけど」

二つのレジ袋を提げながら店内から出てきた篠宮《しのみや》は、珍しく愚痴をこぼした。早々あの子についての話か。なんかちょっと嫌な感じ。

「姫島《ひめじま》さんだけのせいにするのは違うんじゃない？　篠宮だってまあまあ騒いでたし」

「いや、俺には慎みがあっただろ」

「基本客観視してた私が言ってるんだから、事実はそうなの」

「……そう言われると何も反論できない」

「とりあえず駅まで早く送ってよ。ここにいるのも迷惑だろうし」

「なんかいつもより刺々《とげとげ》しくない？」

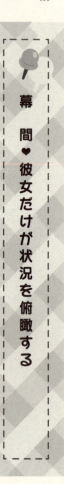

「……気のせいだよ」

こういう時だけ鋭いのはたちが悪い。私が態度に出し過ぎたっていうのもあるかもしれないけど。

「そうか」

淡白にそう返答して、先行した篠宮。私はその少し後をついていく。胸の内では気持ちを隠し通せたことに対する安堵《あんど》と、それとは対照的な気づいてくれないことに対する憤りが渦巻いている。ちょっと憤りが優勢かも。……もっと疑えバーカ。

篠宮はクラスでいつも一人で過ごしている。時には読書、また時には寝たふり、またまた時には実際に寝ていたりとその過ごし方自体に変化は起こるけど、一人でいることだけは不変不動の事実だ。提出物がある時などの有事の際は例外なものの、クラスメイトに話しかけられたりすることだってもちろんない。当然それは篠宮本人が特に関係を持とうとしないのもあるけど、私的にはクラス内での篠宮の表情が死んでいるため周りが近づこうとしないというのもあると思う。

だからこそ、他のクラスメイトに対して、優越感に浸っていたと言ってもいい。みんなが知らない篠宮の姿を私だけが知っていたから。私だけに見せてくれていたから。

——その「だけ」が、特別感が、突如現れた可愛《かわい》くて無駄にあざとい後輩により破壊された。

いや、もしかしたら元々、篠宮には私にだけ見せているという感覚はなかったのかもしれない。その限りでは破壊された、なんて自分本位な表現は間違っているのだろうけど……正直そんな細かいことはどうでもよかった。

豊かな表情で生き生きと話す篠宮。その姿を第三者視点で見た時——初めての景色に胸にもやがかかった。しかもその相手が可憐《かれん》な女の子。気づけばその二人の会話の輪に無理矢理《むりやり》入り込んでいたのだ。二人きりにさせたくないと感じて。

そして極めつけには、その後輩が私は持っていない、篠宮とのラノベでの繋《つな》がりを持っていて……自分では誤魔化《ごまか》せないほど、羨ましいと思ってしまった。そして二人が私を厭《いと》わず会話を進めるたび、その感情は強くなっていったのだ。

初めての嫉妬心の発現であったものの、感情を知ったロボットのように「これが……」なんて感慨に耽《ふけ》る余裕などはなく、なんなら焦燥感だけが募っていくことに不気味さを感じたまでである。

——ふと歩行に合わせて規則的に揺れる、篠宮の左腕が目に入った。気づけば既に抱き着いている。

「びっくりした……歩きづらいんだけど。二人三脚みたいになってんぞ」

「じゃあ無理矢理引《ひ》き剝《は》がせばいいじゃん。あの子にやったみたいに」

「何かさっきから様子おかしくないか……？」

「別に。ていうかあんな知り合いがいたとか聞いてないんだけど。なんならもう友達とかそれ以上の距離だったよね」

「ラノベを読むっていう共通点で話すようになっただけだ。趣味が一緒のやつと話が弾むとかは人気者のそっちにも経験あるだろ」

「ふーん。まあ、私とはラノベの話で盛り上がれないもんね」

「お前どうしたんだよ、ほんとに」

篠宮にとって、私はまだ他人に劣等感を抱いたことのない嫉妬とは無縁の人物なのだろう。だからここまでの私の様子がおかしいことに合点がいっていない。ある種の信頼が嬉《うれ》しいやら、それが障害となって鬱陶しいやら複雑ではある。どんなわけがあると言っても、少なからず鈍感の部類に入ることは疑いようもないけど。

ここで「……嫉妬しちゃった」と素直に打ち明け、姫島さんとの関係や距離感を篠宮自身に見直してもらうこと。それが彼女としてできる、慣れない感情により生まれた不安を拭う方法としては単純で最適なものであると思うのだけど。

それを提案するのは——私の力では二人の絆《きずな》を上回ることができませんって、自ら負けを認めてるみたいで嫌だ。負けず嫌いというのも私を構成する要素の一つ。我ながらめんどくさいとも思うけど……もっとめんどくさい人を知ってるため特に気にならない。

だから私は私らしく、この初めての感情に向き合うことに決めた。

「他の子になびく余裕すら、与えなくしてあげる」

「……なんか言った？」

「別になーんにも。ていうか私はいつも通りの、篠宮が知ってる神崎琴音《かんざきことね》なんだけど。さっきからそうやって疑ってくるってことは、そっち側にもやましいこととかがあるんじゃないの？」

少し意地悪してみた。確かに姫島さんと話をしている篠宮は楽しそうな様子だったけど、それ以上でも以下でもなかった。他の人より馬が合う程度の認識のはずなので、やましいことがあるわけがない。……ただ、姫島さんの方は——。

「やましいこと……というよりは心当たりが一つだけある」

「え、うそ!?　ほんとに!?」

おや？　もしかしてこの感じ……ワンチャンあるのでは？　その上で私の前であの子と仲良くしてたとなると話は変わってくるよね。制裁を与えるくらいは許されてもいいと思う。

「ああ。胸に手を当てて……ならぬ腕に胸が当たって思いついた」

「……は？」

言ってる意味がわからない。捻《ひね》くれている篠宮だけど、もっぱら話すことに関しては筋が通っていて、言いたいこともちゃんとこっちが理解できるのでこういう意味不明な発言は珍しいとも言える。

「正直俺も驚いたけど、そこまで気にすることじゃない。成長スピードには個人差があるからな。今回はあいつが速いタイプでお前が――痛《い》って!!」

肘でわき腹を軽く小突いてやった。色々切羽詰まってたのもあって気にならなかったけど……よくよく思い出してみればあの子の、私より大きかった。余計なことをよくも思い出させてくれたな……！　別の意味でアウト！

「距離を置きます。何されるかわかったもんじゃないので」

「いや、歩きやすくなるから離れてくれることに関しては何も文句はないんだけどな？もう少し加減というのを覚えて欲しい。結構じんじんきてるんだよ今の……」

「制裁にしては優しい方だと思うけどね。そのまま死んじゃえ」

「おいおい、そんなこと言ってるとモンブランが……どこ行った？」

「残念既に回収済みでーす」

篠宮の前に躍り出てレジ袋を掲げる。そして挑発のつもりで、あっかんべーの要領で舌を出した。その対象は篠宮だけではない。ちなみにこのあと家に着いたのは、当初の予定より三十分ほど遅い時間だった。

# 第四話♥女の子だけは理解困難な生き物である

　誰しもが嫌いであろう月曜日も残るは放課後のみとなった。七日間の周期を一度も破ることなくやってくるとか、嫌われてる自覚がないんじゃなかろうか。個人的に水曜日とは憎み合ってそう。

　そんなどうでもいいことを本を読みながら考えるくらい、今日も今日とて俺は暇であった。ただ、勘違いしないで欲しいのは俺は変化を求めていない。つまり現状に満足している。

　暇というのはまさに平和の象徴。謳歌《おうか》をすることこそが正しいのであって、そこに遊びの予定を入れたりとかは間違いとまでは言わないが、的外れなものである。

「――こんにちは〜！　宣言通り入部しにきてあげましたよ先輩！」

　ガラガラと引き戸が音を立てて開かれ、嵐がこの平和な部室に到来した。入部というより遊びに来たみたいなテンションなんだけど。

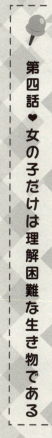

「どうして上から目線なんだよ。別に懇願した憶《おぼ》えはない」

ていうかマジで稜永《りょうえい》に入学できたのかよ。制服姿を見せられて、ほんのわずかに残っていた疑いも晴らされてしまった。よく見るとブレザーが少し大きいせいで萌《も》え袖みたいになっているが、こいつなら狙って少し大きめのものを注文した可能性も考えられる。まさにあざとさの権化。

「もうーそうやってすぐに誤魔化す。どうせ心の内では狂喜乱舞してるんですよね知ってます」

「してねえっつの。これだから自覚がないやつは」

「はいはい照れ隠しー」

「……お前クラスで嫌われてるだろ絶対。特に陰で」

「先輩じゃないんだから〜。これ入部届です」

「マジで入んのかよ……。ていうか俺は嫌われてない」

「自覚がないって怖いですよね」

「嫌いと無関心は全然違うものだぞ」

「もっと酷《ひど》かったー……」

呆《あき》れた様子でため息をつく姫島《ひめじま》。皮肉なことに人は身内の人間しか嫌うことがない。関わりのない赤の他人に向ける感情など特筆すべきものがないのである。……一応俺クラスメイトなんだけどね。

「あ、ラノベもちゃんとあるんですね」

いつの間にか本棚の前へと移動していた姫島は少しだけ声音を明るくした。ここはあくまで文芸部であり、ラノベ同好会とかそういう類のものではないため純文学作品の方が数を多く占めているのだが、それらにはまるで興味を示している風には見えない。相変わらずぶれねえな。このラノベオタク。

姫島と知り合ったのはちょうど三年前の俺が中学二年生、こいつが一年生の頃だ。

俺が学校図書室の奥にひっそりと佇《たたず》むラノベコーナーに親近感を覚え、他に利用生徒がいないのをいいことに立ち読みしていた時に声をかけられた。いや、あれは声をかけられたというよりは……。脳内でゆっくりと、当時の映像が蘇《よみがえ》っていく。

「『SAO』ですか……誰推しです？」

「え」

「ちなみに私は『シノン』です！　あのクールさから放たれる、終盤のデレ！　あれを受けてノックアウトしないのはそれこそ『キリト』くらいですよ！　さすが主人公です。あと――」

てな感じで結構一方的に感想を述べられた。実はこれがトップカーストの人間に対するあだ名、インベーダーの由来だったりする。

最初こそ戸惑いはあった。こいつ、普段は基本やかましいが黙っていれば普通に美少女なのだ。お年頃の俺が無駄に意識してしまうのは当然と言えるし、警戒心だってそりゃあ生まれる。

しかし人間は慣れの生き物だ。何度も遭遇しその度にラノベの——自分と同じ趣味の話をされれば、自《おの》ずと緊張や警戒は消えていく。結果今みたいになってしまった。

「へー……『シャナ』とかもあるんですね」

「歴史があるらしいからな」

この本棚は、歴代の部員が自分のお気に入りを布教しようと置いたものや卒業生が持ち込んだのはいいものの、持ち帰るのを忘れてそのまま残っているものにより構成されているらしい。いや、二つの熱量に差がありすぎだろ。後者がかわいそうすぎる。思い出と一緒に持って帰れ。

入部した頃の部長からそんなことを聞いた憶《おぼ》えがある……が、それが今は部員二人。歴史が潰《つい》えるのも時間の問題だな。

「ま、今日は持参してきてるんでそっち読みますけど」

　そう言ってパイプ椅子を俺の向かいに置いた姫島は、ブレザーを脱いで自らのカバンをガサゴソと漁《あさ》り始めた。視線は本に固定したまま質問を投げかける。

「例の新作か？」

「いえ、『告スペ』はもう読み終わりました」

「早えよ」

「買ってからずっと読んでましたからね。キャラが可愛《かわい》いのに加えて、タイトル通り、告白がある大仕掛けの鍵に――」

「おい、やめろ！　何ナチュラルにネタバレしようとしてんだよ！」

「あれー？　先輩ってネタバレ許容派じゃありませんでしたっけー？　久しぶりだから全然憶えてなかったですー」

　こいつ……大好きなラノベで埋めてやろうか。ネタバレほど読むスピードがそれほど速くない読書家にとって恐ろしいことはない。ネット社会の今なら尚更《なおさら》。

「でもやっぱりラノベはラブコメですね。時代の流れが確実に来てます」

　そう言いつつ姫島が取り出したのはウザカワ系後輩がメインヒロインかつ表紙を飾るラノベ。狙ってんのかよ。口に出したら負けな感じがするので何とかツッコミは抑えた。

「先輩は何読んでるんですか？　もしかして転生ものとか？」

「まずラノべって決めつけんな。お前じゃないんだから。今日はミステリーだ。まあ、人が死ぬって点では同じかもな」

「そんな物騒な共通点挙げなくていいですから！　でもなーんだ。先輩なら絶対主人公になりきって無双してると思ったのに」

「言い方に確かな悪意を感じる。だいたい、読書の時に主人公に自分を投影することはそうおかしいことじゃないからな」

「なるほど。つまり先輩は中二病と」

「違うから。勝手に判断すんな」

「まあ、そんなことよりも先輩に一つ確認したいことがあるんですけど」

「……なんだよ」

突然改まって何だろうと本を閉じた。異世界転生ハラスメントを受けたにもかかわらず、何も文句を言わない俺は先輩の鑑《かがみ》だね。

俺が結構真剣に聞く姿勢にあることを認識した姫島は、椅子から立ち上がってドンと両手を机についてぐいと身を乗り出した。形から入るタイプなのは構わないけど、揺らすなよ。地味に年季入ってんだから。

「昨日会った神崎《かんざき》先輩ってもしかして相当な有名人ですか？」

「少なくともこの学校内では知らない人の方が少ないと思う。モデルだし」

「……やっぱりそうなんですか」

「どうしてそれを今になって確認してきたんだ？」

「いや、今日友達に『昨日知り合いの先輩にコンビニで会ったー。あとついでに神崎先輩っていう美人な先輩にも』って話したらみんな神崎先輩に食いついてきたので。あ、ちなみに先輩については無反応でしたよ。通常運転ですね」

「最後のやついる？　ついでに負けるくらいの話題力って言いてえのかよ」

「別にそんなこと言ってないじゃないですか～」

少なくともそういう魂胆があったようにしか聞こえなかった。知ってるから。言われなくても既に。しかし、昨日の姫島が例外であっただけでどうやら新入生の間でも神崎は人気のようだ。いっそのこと学年の壁を超える方法でも教えてもらいたい。まだクラスの壁さえ突破してないのに無茶《むちゃ》である。

「――ま、別に先輩は気にしなくてもいいと思いますけどね」

あっけらかんとした様子で姫島はそう呟《つぶや》くと椅子にまた腰を下ろした。

「……どういう意味だよ」

「同じクラスであれ、関われない存在っていうのは誰であれいるものですから。昨日のコンビニでの出会いが奇跡だったってことです。やっぱ占いは当たってたじゃないですか」

「あー……そうだな」

言えない。実は昼休みにいつもここで会ってるとも、付き合ってるとも。

「そんなことでくよくよなんてしても時間の無駄です。高嶺《たかね》の華よりも身近の花で、の精神でいきましょう！」

「それを言うなら、花よりも身近な雑草とかの方が対比でいい感じの表現になるんじゃないか？」

「……わからないかー」

姫島が視線を横に流し、不満げ……というよりは何かにもどかしさを感じてる様子でそう呟いた。わかる。人には人のしっくりくる表現があるのだ。それは頭で理解していても、実際に伝わらなかった時は何だかやるせない気持ちに襲われる。俺も今そんな気持ちだぞ、姫島。国語ができるってなんて罪なんだろうか。

聞くだけ聞いて満足したのか、姫島は自分の読書に戻ってしまったので俺もそれに倣ってページを繰り始めた。そして時間がある程度経ち、いよいよ犯人が判明するといったところで。

「そろそろか……私、少し席外しますね。用事があるので」

向かいの席から腰を浮かせた姫島は、椅子の背もたれに掛けたブレザーを手に取り、「んんー」と軽く伸びをした。だから揺らすなよ。つい見ちゃうだろうが。

「いちいちトイレで大げさなやつだな。勝手に行っとけ」

「違いますよ！」

「ああ、悪い。花を摘みに行くのか」

「言い方を否定したわけじゃないですから。そういうこだわりないですし」

「そうか。まあ、なんでもいいんだけどな」

「とか言っちゃって、ほんとはどんなことか気になっちゃってるんですよね〜？」

「別に。一瞬でも静かな時間が訪れるのは願ったり叶《かな》ったりだからな。小説だって山場だし」

こいつの予定よりはるかに、犯人の方に関心がある。特に犯行の動機が予想つかない。

「またまた〜。私とおしゃべりするのも満更じゃないくせに〜」

「……」

騒がしいな、ほんとに。ヤクでも決めてんじゃないのかって心配するレベルだ。ここで口に出してしまえばこいつの思うつぼなので、思うだけにとどめた。

「あはは、最高にノリ悪ーい」

「そういうのはいいから早く行けよ。用事に支障ができて俺のせいにされたらたまったもんじゃない」

「嫌だな～。そんなこと私がするはずないじゃないですか」

そう言いつつも姫島は席から立ち上がった。どう見ても、どう考えてもお前はやりそうなやつだよ。しっかり自分を顧みろ。

「――胸。がっつり見られたことは周りに秘密にしておいてあげますね。変態先輩」

耳元で不名誉なあだ名を囁《ささや》かれた。変態先輩って韻踏んでるなー。あいついつの間にラップを始めてたんだよ。こうして現実逃避するほどにはしばらく動揺した。

外の運動部の喧騒《けんそう》とは隔離されたこの室内は本来、騒がしさとは無縁である。先程こそ姫島が話しかけてきたのでその限りではなかったが。というか入部したってことはあれが常時になるってことじゃん。日常は往々にして突然崩れ去る脆《もろ》いものである。

しばらく、最後になるであろう一人の時間をしみじみと味わいながら読書を続けていると、急にポケットに入れていたスマホが振動した。が、恐らく、トーク一覧を開いた時に襲われる虚《むな》しさを紛らわせるために登録した、ラインの公式アカウントからのお知らせだろう。ここは取り出さなくても……あれ、まただ。しかも今度は長い。

「……もしもし」

「あ、電話なら出た。私だよ、私」

「知ってる。オレオレ詐欺みたいなのやめろ」

「そっか。ラインの友達私だけだもんね」

「美玖《みく》もいるわ。あと一応両親」

「現代でその数っていうのもなかなかいないよね……」

「希少価値が高くて困りものだ。あと少数精鋭ってよく言うだろ」

「あーはいはい」

「どうでも良さそうだから切るな」

「ちょっと待って⁉　ちゃんと用があるから！」

「……なんだよ？」

　俺たちは学校内では電話よりもメッセージの方が関係がバレる危険性が少ないのでそちらを使うことがほとんどである。そのため裏を返せば今の状況はイレギュラーとも呼べてしまうのだ。少しだけ真面目に耳を傾けることにする。

「声が……聴きたくなっちゃって」

「今までにそんな発言をしたことがないことから、嘘《うそ》であることが露見してますが、それについて反論は？」

「む……ちょっとからかおうとしただけだよ」

そんな余裕があるということは休憩時間か。別の音声が聞こえてきていないから、ほかのやつらからはしっかり離れてくれている。

「それで、結局なんだよ？」

「えーっと……教室に忘れ物をしちゃって……」

「戻って取りに行けと」

彼氏をパシリに使おうとはいい度胸である。あと歯切れが悪いな。

「いや、厳密には届けて欲しいんだけど」

「それは無理」

単にボッチである俺が神崎に忘れ物を届けるという構図が他のやつらが見ているような状況下ではアウトだからなだけ。……決して読書の時間を削りたくないからとかではない。ほんとに。

「即答⁉　彼女を助けてくれたっていいじゃん！」

「だいたい、教科書とかは明日にでも渡せばいいだろ。幸い今日は宿題みたいなのはないし。頭のいい神崎さんは一日程度勉強しなくてもいいわけだし」

「言い方に棘《とげ》を感じる……。えーっと……忘れ物、弁当箱なんだよね」

「……プリーズリピート」

おかしい。基本的にしっかりしてるやつは絶対忘れないような単語が聞こえた。

幻聴か……俺もだいぶ疲れているらしい。

「べ、弁当箱……」

再度同じ単語が電話口から聞こえてきた。どうやら現実のようだ。そして神崎の方もどこか恥ずかしそうである。自覚はあるのか。

「はあ……学年一位が、弁当箱を？　あるわけないだろ。もしそうだったら、この学校も終わりだ」

この際だから存分にからかってやった。

「うう……仕方ないでしょ！　私もそういうことあるの！　……届けて、くれないかな？」

電話でなく対面状態だった場合、きっと今の懇願の言葉は妙にいじらしい上目遣いと共に俺に向けられていたはずだ。よかった、電話で。想像してしまった時点で断るに断れなくなってしまったけど。

「……まったく、面倒なことをしてくれたな」

「返す言葉もありません……」

「まあ、そんなことなら仕方ない」

使った弁当箱をその日中に洗わないような愚行。たまにではあるが食器洗いをしている身としては想像しただけで恐ろしい。

「ありがとう！　いや〜持つべきは優しい彼氏だね。お礼は何がご所望かな？」

「別に必要ない。合流場所は？」

「体育館の脇の水道で。あそこなら陰になってるし、人もあまり来ないから」

「了解」

短く返事をして通話を切った。姫島の用というのはわからないが、忘れ物を届けるだけなのだから俺の方が戻ってくるのは速いだろう。

もし仮に、姫島の方が先に戻ってくるのだとしても、退室時は知らないのだからトイレで誤魔化《ごまか》すこともできる。心配はいらない。

本をまた閉じて、俺はクラスの教室に向かった。


………………♥………………

神崎の弁当箱を水道の上に置いて、遠目にグラウンドの様子を窺《うかが》う。陸上部や野球部とこれまたたくさんの運動部が活動しているのが見受けられた。

彼らにとっては部活動は青春の証《あかし》。流した汗と涙も青春の一ページに記録するのだろうが、俺から見た場合ただのブラック企業にしか見えない。顧問の機嫌を損ねないよう行動しなくてはならないし、仮に損ねてしまった場合、活動という名目で顧問が満足するまで延々と罰走させられる。マゾヒストには向いているのかもしれないが、そんな趣味のない俺からすればお断りだ。

利用者が来たっぽいので水道から少し離れる。守り神がいたとかで噂《うわさ》になりたくない。

「顧問は？」

「今日は三年生に付きっきりだから来ないと思う」

「まじか。ならサボれんじゃん。ラッキー」

「人気あるっぽいから入ってみたけど、練習真面目にやるのはたりぃよな」

ほう。どうやら運動部にも真剣に取り組むことが億劫《おっくう》な生徒がいるらしい。これも一つの定めか。にしても人気だから入部ってわけわからないな。流れに流されるのは楽だろうが、何も生産性がないだろ。まあ、結局俺には縁のないことだが。

余計な思考を排除し、待ち人である神崎がマネージャーとして所属しているサッカー部を探すと、彼らはまだ休憩中であった。……さすがに休憩長くない？　おじいちゃんたちの休日テニスかよ。よく見るとマネージャーと思《おぼ》しきジャージを着た女子生徒たちが選手にタオルや水筒を渡している。うちのサッカー部はまあまあの強さと神崎から聞いたことがあるが、それにしてはマネージャーの数が多いと思う。

——それでも。

神崎は簡単に見つけられた。これが過ごした時間の密度による賜物《たまもの》……とは言い切れない。神崎の隣には男子生徒がいて、二人は楽しそうに談笑している。身長は俺と同じくらい。そして目を引くのはやはりと言うべきか、その容姿だ。

「やっぱ、すげえイケメン」

言っておくが俺はそっちの気はない。そんな俺でもこのように無意識に呟《つぶや》いてしまうぐらいのレベル。俗に言うさわやか系であり、汗やそれを服で拭う姿までも魅力として昇華させているのが気に食わない。……なんかキラキラしてんのな。きっとマネージャー数が他の部活よりも多いのは彼が要因だろう。イケメンの元に集まるのがＪＫの習性。それに対し羨望や嫉妬の眼差《まなざ》しを向けるのがＤＫの習性である。ゴリラの方じゃないよ。

彼の名前は水田《みずた》俊《しゅん》。俺や神崎が所属する二年Ｂ組の隣——二年Ｃ組の生徒だ。自らのクラスメイトの名前すら憶《おぼ》えきってない俺が、なぜ彼の名前を知っているのかと言えば彼が神崎と並ぶくらいの人気者であり、関連する噂を耳に胼胝《たこ》ができるほど聞いたからだ。

彼は俺のようなボッチにとって嫉妬なんてもはや起きないはずの高位の存在。別の世界の住人と割り切ることができるため、劣等感など感じるはずが……ないのだ。

あの二人が一緒にいる光景は高額で取引される絵画のように絵になっている。だから神崎のことも一瞬で目に入った。ただ、そのような絵画とは違い、この二人が並んでいることに対する価値は誰もが認めるはず。お似合いだ、と。そんな確信が持ててしまう。

グラウンドに背を向け、水道を離れる。今は約束のことよりも、あの光景を目にしていたくはないという気持ちの方が強い。俺は衝動に駆られるまま、神崎の弁当箱を手に持って体育館の裏に移動した。


「――なーにしてるの？」

屈《かが》んでいる俺に覆いかぶさるようにして、神崎が太陽の光が届かない体育館の裏に姿を現した。

「コケ植物たちと戯れてた」

「早速どう反応したらいいかわからないよ……」

「随分と日陰者な友達だね、とか？」

「それ友達なの⁉」

「種を超えた絆《きずな》だ。感動的だろ」

「せめて哺乳類から始めてよ……」

「俺が言うのもなんだけど、そのツッコミは少しずれてるからな」

俺にいきなり人間の友達は無理ってことかよ。哺乳類から始まるボッチ脱却生活ってか。やかましいわ。

ゆっくりと立ち上がると、今度は背中から腰あたりに腕が回された。軽い衝撃が襲う。

「――それよりも、待ち合わせ場所勝手に変更容疑で逮捕します」

「なんだそれ。ていうか時間が明確に示されていない以上、ここにいることも移動中と見なされるから、俺が待ち合わせ場所を変更してる、なんて一概には言えない。冤罪《えんざい》だ、冤罪。訴えてやるぞ」

「茶番に本気だ⁉」

「本気なのはどっちだ。力、結構入ってて痛いんだけど」

「え、ああ……ごめん。つい」

すっと腰を締め付ける力が弱まった。まだ拘束状態ではあるが、ジョークくらいは飛ば

せる。

「あのままだったら、もう少しでお前みたくスレンダーになるところだった」

「……どうせ私はグラマラスには程遠い体ですよ」

再び力は逆戻り。なんならさっきのより強くなってるかも。被害妄想すぎない？

「痛い痛い！　世間一般今のは誉《ほ》め言葉だろうが！」

「そっか。言葉の意味は受け取り手次第で変わるってことを、話し相手がろくにいなかった篠宮《しのみや》が知るはずないか」

「心まで痛めつけに来たのかよ！」

男女の力量差を利用して、神崎の拘束からなんとか逃れた。俺が困ってるにもかかわらず見物を決め込んでいたコケどもはもう友達じゃない。やっすい友情でした。

「そんなことよりほら、忘れ物」

これでたちまち立場は逆転。自らの失敗をフォローしてくれた相手に強く出られるやつはそういないからな。もどかしそうに、弁当箱を掲げる俺を見つめた神崎は葛藤の末それを受け取った。

「……ありがと」

「感謝の言葉が足りない気がする」

「調子に乗らない。だいたい、この行為は篠宮自身のためにもなってるんだよ？」

「自分が犯した失敗を正当化させるつもりか？」

「そこまでじゃないよ。ただ、こうして届けてくれなかったら、明日の篠宮のお弁当の中身が半分になってたってだけ」

「……忘れた癖に人の弁当の半分を奪おうとは図々《ずうずう》しいやつだな」

「じゃあ……三分の一？」

「量の話じゃねえよ、この食いしん坊。そんな時には購買があるだろ」

「美玖ちゃんの手料理の方が美味《おい》しいもん」

「いやお前食べたことないだろ。言い切ることはできないと思うんだけど」

バターチキンカレーなるものは合作。美玖の手料理とは言えない。

「じゃあ毎日食べてる篠宮的には？」

「……まあ否定は難しいな」

購買のお総菜パンを買ったことは一度もないけど。経験もないのに頭ごなしに否定するとか俺も図々しいやつでした。

「はあ……相変わらずシスコンなんだから」

「おい、待て。なんだ相変わらずって。俺は別にシスコンじゃない。仮にそう主張するなら証拠を出せ、証拠を」

「美玖ちゃんと仲がいいのは別にいいけどさ、ちゃんと彼女の私にも構って欲しいな」

「話をちゃんと聞いて。……これ以上か？」

「うん。だって全然足りないもん」

「……努力します」

「よろしい。良きに計らいたまえ。――じゃあそろそろ部活に戻るね。顧問の先生とか凛《りん》に怒られちゃう」

胸の前でこちらに手を振ると、弁当箱を後ろ手にグラウンド側に歩いていく神崎。少々大袈裟《おおげさ》な言い方だが、その背を見守るのが忘れ物を届け終わった俺に残された最後の役目なのだろう。

「篠宮……？」

「あれ……？」

いつの間にか俺は神崎の手首辺りを摑《つか》んで引き留めている。完全に無意識下での行動だったため、神崎はもちろん能動側の俺も正直戸惑っているのだが、先にその硬直にも似た沈黙の時間から抜け出したのは神崎だった。

「ふふ、私に残って欲しいの？　電話でお礼なんて要らないとか言ってたくせに？」

「いや、そういうわけじゃ……悪い、引き留めて」

罪悪感を覚えて神崎から手を離す。すると神崎は予想外の微笑《ほほえ》みを浮かべて見せた。

「冗談冗談。疎ましいとか、そんな風には全く思ってないよ。でもどうしたのかは気になるかな。篠宮がそんな間抜けな顔をするなんてレアだからね。手元にスマホがないのがひたすらに惜しいよ」

「弱みを握ろうとするな。……別に大したことじゃねえよ。遅れると怒られるなら、気にせず部活に行け」

「もう、彼氏と部活はどっちが優先されると思ってるの？」

「一般論では疑いの余地なく部活だ」

「じゃあ私の自論ってことで、篠宮を優先するよ」

そう言って神崎は俺の腕を引きながら、体育館へ繋《つな》がる階段に近づき一段目に腰掛けた。

今日のこいつはまるで天上天下唯我独尊《てんじょうてんげゆいがどくそん》。一般論では歯が立たないらしい。ちなみに体育着なので絶対領域はなし。時代の変遷によりブルマが消されてしまったのも大きな損害だ。

「はい、彼女の私に事情を話してみなさい」

「いや、ここはリスキーだろ。すぐ上には体育館だ」

「さすが篠宮。情報網がまるで機能してないね。あ、そもそもないのか」

「……今日は少し攻撃的だな。心にひびが入りそうなんだけど」

「大丈夫だよ。ここを上ったところにある扉は開かなくなってるらしいから」

「俺のメンタルはどうでもいいんですね」

「のらりくらりで躱《かわ》そうとしてる人のメンタルなんてたかが知れてるし」

「……バレてんのかよ」

「伊達《だて》に一緒にいるわけじゃないからね」

神崎の目は先ほどから変わらず、依然として俺の目を捉えている。そこには話せとの意志がこもっている気がして、視線を、話を故意にずらしていたのだが……こうなってしまえばもうあとがない。残念ながら。当たって砕けるのとか嫌だな……。

「………………嫉妬した」

「え？」

「さっき、水田と仲良く話してるのを見て……その時の笑顔が頭によぎった。そんで、気づいたら……引き留めてた」

「……!?」

突然両手で顔を覆い、そっぽを向いた神崎。

「お、おい！　いくら何でも笑うことじゃないだろ……」

「ち、違うよ」

「嘘《うそ》つけ！　言葉に力入ってないし、妙にプルプルしてんだろうが！」

案の定玉砕してしまった。そんなに俺みたいなカースト最下層のやつの嫉妬は面白いかよ。確かに相手はあの水田。立場をわきまえろみたいに思えてしまうのは当然だけど……モデルならそれくらいの感情は隠して欲しかった。

「そりゃそうじゃん！　に、にやけちゃってんだから！　……嬉《うれ》しすぎて」

「え？」

予想外のフレーズに耳を疑ったのだが、神崎はそれに構うことなくやや早口で続けていく。

「ほんと不意打ちはずるいと思う。おかげでモデルとして見せちゃいけない顔見せるとこだったじゃん！　こんなの今川義元《いまがわよしもと》が信長《のぶなが》に負けたのも当然だよ！」

「会話に桶狭間《おけはざま》出てくるとかちょっと迷走してんぞ……。一回落ち着け」

言われた通り神崎は一度深呼吸をした。そして何度かぺちぺちと自らの顔に活を入れたことで、見慣れた表情が文字通り顔を出す。

「……だいたい、今まで一度もそういうのなかったじゃん。私が告白されたことを報告しても、『そうか』の一言で済ましてさ……実は結構気にしてたんだからね？」

「だからって報告を段々わざとらしくする必要はなかっただろ。何だよ『告白されちゃったな〜。私ってやっぱり人気者だな〜』って。知ってるっつーの。一周回って嫌味《いやみ》に聞こえたんだけど？」

「それぐらい篠宮の嫉妬心を釣りあげようと必死だったってことだよ。それでも結局反応してくれなかったから段々と諦め始めてたっていうのに……突然のこれ！　はあ……まるで努力が全否定されたような気分だよ」

「その努力を肯定してくれるやつと逆に会ってみたいわ」

それに告白の報告を受けても動じなかったのは、俺が嫉妬の感情を母親の子宮の中に置いてきたとかではなく、ただただどこの誰ともはっきりしない、姿も知らない馬の骨に嫉妬をするのが時間の無駄だと割り切っていたからである。

この容姿だ。異性に興味を抱かれないはずがないことは同じく異性であるこの俺が一番よくわかっている。そしてそれを裏付けるように受け取ったラブレターの数の記録を塗り替えたと噂《うわさ》で聞いたこともあった。……それについては記録を取り始めたのはどんなやつだとか、どう集計してるのかといった疑問が付きまとうが、俺が『無数の男子から神崎が告白を受けること』を当然だと認識するには十分であったのだ。

だが、今回は違う。

実際に一緒にいるところを見て、しかもその状況を「似合っている」と自分で認めて
——いや、認めさせられてしまった。認めざるを得なかったのだ。だから咄嗟《とっさ》に神崎を引き留めたのだ、俺は。目の前からいなくなってしまうような儚《はかな》さを感じて。

「でも全然大したことなくないじゃん。私にとっては有意義も有意義。聞けて良かったよ」

「言わせて、の間違いだろ」

「そういうこと言っちゃうんだー？　どうせなら逃げればよかったのに」

「……逃げられないからそうしなかったんだろうが」

「ふふ、私の方が走るの速いもんね」

この人気者、当然のごとく運動神経もいい方なのだ。もうスペックに対しては何も言うまい。

「ばか、速さは俺の方があるに決まってんだろ。スタミナの方だよ」

持久走とかマジで嫌。あんなの運動部の自己顕示ボーナスタイムでしかない。

「どっちにしろ、女子に負けてるってことに対するプライドがないよね」

「男女平等主義者だからな、俺は」

「ほほう。……そっちが平等を訴えるならこっちもそうしよっかな」

「何の話だ？」

「要するに、篠宮は私と男子が一緒にいるのを見ると妬《や》いちゃうわけでしょ？」

「……べ、別にそこまでは言ってないだろ。水田だからってことも……否定はできないはずだ」

俺の反応になぜか神崎がふ、と得意げに笑って続ける。

「じゃあ別に篠宮を気遣って、男子から距離を置くとか考えなくてもいいわけだ」

「……!?　いや、それは……確かにそう、なんだけど」

平等って……そういうことかよ。

「まあ、逆に急に距離を置くっていうのもおかしな話だから、結局はたとえ話なんだけどね。水田くんに対しても、もちろん今まで通り」

「……当然の判断だろ。お前は『みんなに優しい神崎琴音《ことね》』なんだし」

「今は誰かさんの彼女の神崎琴音だけどね」

「無駄に嫉妬心を煽《あお》ろうとしてくる、な」

「そっちももちろんあるけど、今回はメインじゃないかな」

「……？」

「私、篠宮と同じくらい自分のことも大事に思ってるからさ。不公平な環境に自分を置きたくないの。こっちが嫉妬するなら、そっちもみたいな」

「わけがわからん」

「そりゃあ乙女心だもん。篠宮にわかるはずないよ。じゃあ、私は部活に戻るね。あ、怒られたらお詫《わ》びにまたモンブランでもごちそうして！　今度はカフェとかちゃんとしたところの！」

「……わけがわからん」

グラウンドに向けて走っていく神崎の背中を眺めつつ、そう呟《つぶや》いた。

優先なのは彼氏の方とか言ってたくせにこれだ。確かに乙女心について考えるのは、無駄な時間かもしれない。あとコンビニのクオリティ馬鹿にすんな。


……………♥……………


あのまま来た道を引き返し、校舎に入り上履きに履き替えた。ほとんどの生徒が出払っているため、移動中の自分の足音の反響のみが聞こえる。故にだろうか。

「――ごめんなさい。好きな人がいるので」

文芸部室、そして二年生の教室のある三階の一つ下。一年生の教室が並ぶ二階に着いたところで耳に届いた、強い意志のこもった予想外のフレーズに思わず足を止めてしまった。

どうやら階段横の教室に人がいるらしい。

放課後。誰もいない教室。そして……今の言葉。これらの検索ワードが揃《そろ》えば、勘のいい男子高校生は皆すぐにピンときてしまう。検索エンジンに人類が勝った瞬間だ。

「……告白か」

何ともベタな校内イベント。今日も学生諸君は青春をエンジョイしているようだ。日本はとても平和である。

「……わかったよ。はっきり断ってくれてありがとう。クラスでは……いつも通りでいいから」

「やべ……！」

言い終わるが早いか告白した側であろう男子生徒が件《くだん》の教室から出てきた。偶然とはいえ告白を立ち聞きされていい気持ちになるやつなんていない。咄嗟に上りの階段の陰に身を潜め、彼の足音が下の階に消えていくのを待った。……罪悪感を覚える。ごめん、少年。

この学校では学年によってジャージの色分けがなされており、俺たち二年生は緑、先輩である三年生は青、そして——後輩である一年生は赤だ。ちらりと一瞬見ただけだが、彼は赤色のジャージ姿だったため、一年生であることがわかる。まあ、告白するのに他所《よそ》の教室なんて使わないか。普通に考えて。にしても入学早々に告白ってすげえな。

彼は断られたにもかかわらず結果を素直に受け入れ、それだけでなくお礼まで残していった。もちろんそれは簡単にできることではないはずだ。いい子だ……そんな好青年を拒絶するなんて告白を受けた女子といい、さっきの神崎といい、女子はやはり謎の存在だ。俺だったら「はい」の一つ返事だぞ。それはちょろいだけ。

「──こんなところで何してるんですか先輩……」

「……お前だったのかよ」

呆《あき》れと取れるため息に顔を上げると、そこにはさっきまで部室で一緒だった姫島がいた。ていうか用事ってこれだったのか……。制服についたほこりを払って立ち上がる。

「いや、まあ、その……急に階段に座りたくなる時ってあるじゃん？」

「ないです」

「ないよな」

食い気味な否定に思わず秒で賛同してしまった。秘技とぼけるは通じないようだ。

「……もしかして聞いてました？」

「正確には聞こえただ。俺に悪気はない」

リスニングとヒアリングの違いである。ここテストに出るよ！

「開き直っても、ここに留《とど》まった時点でいわゆる野次馬《やじうま》と同じですからね。……それで？」

「それで？　……あー、お前もやっぱモテるんだな」

姫島の容姿は普通に整っている。綺麗《きれい》系というよりは可愛《かわい》い系で黙っていればただの美少女なのだ。黙っていれば。

「何ですかその哀愁漂う視線は。ていうか別に感想を聞いたわけじゃないです。その……どこから聞いてたんですか？」

「そういうことね。えーっと……『ごめんなさい』から？」

「ほ、ほとんどじゃないですか！」

「別に聞かれて困ることでもないだろ。俺は応援してるぞ」

好きな人がいることは年頃の女の子であれば、珍しいことではない。例の彼には悪いが、それを理由に告白を断ることもだ。ただ、このやかましさにおいては右に出る者はいない後輩が、ラノベにしか興味がなさそうであった姫島が、というのは少し意外だったが。

「……まあ、今更別に期待してないですけど。早く部室に戻りますよ」

「あ、ああ」

提案を断るのも変なので、二人で横並びで歩きながら文芸部室を目指していく。正直もう少ししつこく、こんなところにいた訳を問われると思っていただけに拍子抜けだ。さっきは妙にしおらしかったし。しかし、怪しまれないのに越したことはないだろう。

「なあ、姫島」

安堵《あんど》により気が抜けたのか、つい興味のあったことについて、参考人になり得る女子の姫島にいつの間にか尋ねていた。

「乙女心について教えてくれ」

「………頭でも打ったんですか？」

姫島は真剣に尋ねた俺に「何言ってんだこいつ」みたいな目を向けてきた。しかし今回はこいつの反応の方が一般的に正しい。カースト最下層のボッチがそんなことを聞いてくるなんて恐怖でしかないのだから。中学の頃のある日。機嫌が良くて何となくその日の給食のメニューを隣の女子に聞いた時に「え、あー……わかめごはん……らしいよ？」と引き気味で言われたことがある。以来わかめごはんは口にしてない。こっちのトラウマにもなってんじゃねえか。

俺に疑念のこもった視線を送り続けている姫島。それにしても聞き方がストレートすぎた。かといって詳しい事情は話せるわけがない。それらしい言い訳か……。

「暇だから小説を書こうと思ってな。まず情報収集した方がいいだろ？」

「うわ、嘘《うそ》くさ。先輩みたいな人って暇を理由にしないですよね？　暇だったらそれを謳《おう》歌《か》する的な」

「なんで知ってんだよ。お前の前世心理学者か何かか？」

「残念違います。正解は先輩の一番の理解者だからですよ。だからこんなことを何の脈絡もなく聞いてくることがないこともわかってます」

俺の日常を浸食してきてるくせに、理解者なんて片腹痛い。ただ、適当なことを言って押し切ることができなそうなのは明らかだ。

「……なんとなく気分で聞いただけだ。今のは聞かなかったことにしてくれ」

所詮一時に抱いた興味。寝てしまえば忘れるものだ。変に怪しまれてまで聞こうとは思わない。潔く諦めの意志を口にしたのだが。

「──まあまあ。結論を出すのが早いですよ」

トントンと、まるで励ますように姫島は俺の肩を叩《たた》いてきた。その口もとには、にやりと笑みが浮かんでいる。

「理由は何かわからないですが、教えてあげてますよ。乙女・ご・こ・ろ☆」

「お前絶対何か企《たくら》んでるだろ」

「まっさか〜。ただの優しい後輩の厚意と善意ですよ。見返りだって要求しませんもん」

さっきまで完全に俺のことを疑ってたくせにこの手の平返し……明らかに怪しい。理由が何か知らないけどって、さっきまでのやつから出た言葉とはまるで思えない。

「あはは、私ってば全然信頼されてない感じです？」

「当たり前だろ」

「もう、傷つくな〜。ただの厚意と善意って言ってるじゃないですか。だいたい、自分から聞いたくせに、いざ私がやる気になると二の足を踏み出すとか何なんですか？」

「美味《うま》い話に裏を疑うのは当然だろ。まあ、今回のは格別美味いってわけじゃないけど」

「気にしすぎですって〜。そんな調子だといつか髪の毛なくなりますよ？」

「髪の話はタブーだからやめて……」

　ハゲとか薄いとかいう言葉に敏感になるお年頃である。いや、別に将来の自分に対して自覚とか確信があるわけじゃないよ？　遺伝的には大丈夫そうだし。……待てよ？　このまま禿《は》げたとしたら後天的なものってことだから、ストレスが主な原因……。おい、お前が元凶の確率高いぞ。

「まあ、拒否られても話すんですけどね」

「それもうお前が話したいってだけなんじゃゃ——」

「いいですか？　女の子はわかって欲しい生き物なんです」

「……聞けよ」

相手が乗り気じゃないにもかかわらず、強引にことを進めるとか初めに話していた厚意や善意は一体どこに行ってしまったのか。姫島はそのまま食い気味に続きを口にしていく。

「だから自分の心境の機微や変化に気づいてくれないと怒ります。散々アピールした上でもっていうなら特に！　言うなればそう、激おこぷんぷん丸ですよ」

「意外と古いな……」

その言葉が流行《はや》ったのいつだっけ？　ってくらいには前のことだった気がする。あと姫島のテンションがラノベのことを話す時くらい高い。

結局俺は移動中の世間話としてこれを割り切って受け入れることにした。

「……せ、先輩に合わせようとしただけです！」

「俺がレトロって言いてえのか」

「………あながち間違ってないかも」

「……間違ってないのかよ」

腑《ふ》に落ちたみたいな反応はやめて欲しい。どう返せばいいかわかんないから。ていうかどの辺がレトロ？　人間関係を極力断つとか、数年どころか数百年は先に進んでるぞ。

……その頃人類っているの？

「と・に・か・く！　そういうことですから、常に相手の気持ちを汲《く》んであげることを意識しましょう。モテない先輩に向けたありがたーいアドバイスですよ？　実践、してみてくださいねっ！」

「いきなり難易度が高いな……。人の考えを読むなんて俺たちの将来を脅かしてるＡＩですらできないんだぞ。そう簡単にできるわけないだろ」

「じゃあ、私でお試ししてみます？」

「いや、別にいい。アドバイスまで発展させろとは頼んでないし、もう部室だ」

何も書かれていない教室プレートが見えてきた。世間話の体《てい》ももう取る必要はない。

「……少しは付き合ってくれてもいいじゃないですか。なんかつまんないです」

「こういう人間だからな。それが理由で友達だってできないんだろきっと。理解者だったらそれぐらい知ってるんじゃないのか？」

「……まあ。ていうか自覚あるのに直そうとしないとかたちが悪いですね!?」

「変化は求めてないからな。このままでも別にいい」

たとえ周りからの評価とか友達とかを望むのが一般論なのだとしても、俺には隣に一人だけいてくれればそれで十分なのだ。余計なものは入れない、とか言うあのＣＭは結構お気に入り。

「変わってますね、相変わらず」

「言われ続けてもはや誉《ほ》め言葉だ。あと言っとくと、話自体はためになったぞ。複雑とか言われてるし、機会があったらまた話してくれてもいい」

「……なんで上から目線なんですか」

「自分の胸に手を当てて考えてみろ。とりあえず、部活動再開するぞ」

あのミステリー小説はまだいいところで止まっているのだ。早く読んであげなくてはならない。教室に着き引き戸に右手をかけようとした瞬間だった。その手にマイナスの力が加えられ空中で静止した。

「どうした？」

「いえ。ただ一つだけ。知りたがりの先輩に、もう一つだけいいことを教えてあげようと思いまして」

姫島は俺の制服の袖から手を放すと、さらにぐいと体を近づけてきた。後ずさった俺の背中が当たり、ガタンと引き戸が音を鳴らす。近い近い……相変わらず距離感がバグってんな。修正データはまだかよ。それにしても何を教えるというのか。もしかしてさっきの発言もセクハラに当てはまるのかしら。訴えられたら勝てる気がしない。

しかし続く言葉は予想とは違っていて。

「――ちょっとの秘密が、わからないとこがあってこそ、女の子は可愛く見えるんですよ？」

こちらを試すかのようなあざとい笑顔でそう言うと、俺が背中を預ける引き戸のもう一つの方をゆっくりと開け、すたすたと室内に入っていった。乙女心を話そうと自ら迫ってきたと思えば、女の子は秘密が魅力だと宣《のたま》う。……まじで意味不明だな、女の子ってやつは。無駄にいい匂いなのも含めて。

# 第五話❤彼女だけが俺を見ている

木曜日、昼休み前最後の授業である体育。

俺はコートと思《おぼ》しき、線で囲まれた場所の中で軽く準備運動をしていた。もちろん隅で。実質すみっコぐらしなボッチはクラスのマスコットキャラだと思う。非公認ゆるキャラとかいるしね。ほら、やっぱり認められてない。

周りのクラスメイト、そして向かいの相手側コートのC組の生徒も各々体を温めているのだが、どこか普段よりやる気に満ちているように見える。まあこの状況では無理もないだろうが、絶対面白いと温めておいたギャグほど割とスベるものということを彼らは知ってるのだろうか。俺自身、ギャグを他人に披露したことないけど。お笑い業界には大きな痛手だな。

「あ、神崎《かんざき》さーん！　応援よろしく！」

クラスの目立つ金髪がコートの外側に手を振る。名は体を表すなら、髪は性格を表すのか。誰が根暗だ。

するとその呼びかけに気づいた神崎が柔和な微笑《ほほえ》みを湛《たた》えながら手を振り返す。

この学校の体育の授業は二クラス合同で基本的に男女で別れるのだが、今日は生憎《あいにく》の雨で俺たち男子の種目を行うことができなくなり、加えて「進級したばかりでクラスが団結できていないだろう」という体育教師の余計な計らいによりクラス対抗のドッジボールをすることになったために今、コートの外には観客として神崎を始めとする女子生徒の皆さんが体育座りで談笑しているのだ。いわば、この状況はモテることに必死な輩《やから》にとっては重大な見せ場。願ってもないアピールチャンスだ。そりゃあやる気も出るわ。知らんけど。

神崎の粋な対応は、位置的に俺らのクラス全員に向けられたものと見えてしまうため、総じて士気が高まる。まるでジャンヌダルクだな。

「……」

「……？」

神崎が不意に俺の視線に気づいた。すると口を小さいながらもゆっくりと、まるで一つ一つの文字を発音するかのように開いている。読唇術の心得みたいなものがあれば、余裕で何を示しているのかがわかるのだが、残念ながら俺にはできない。逆にあいつはできると思ってやってきているのだろうか？　……あいつのことだから「読唇術？　三歳のうちに身に付けたから、みんなできるものだと思ってた」とか普通に言ってきそう。さすがにないか。

「ではそれぞれのクラスから、代表者を一人出してくれ」

「よし、ここは俺が行くわ。バスケ部だしな」どうやら金髪くんはバスケ部らしい。背もまああるし、ジャンプボールには慣れてるってことか。クラスメイトもだいたいそんなことを考えたのだろう。否定の意を示そうとするやつは見受けられない。

「じゃあこっちからは僕が」

手を上げ、向こうのコートから中心へと向かってくる男子生徒。途端にコート外から歓声が上がり、会場は色めきだした。C組の代表者はわざわざ言うまでもないが水田《みずた》だった。キラキラをまくな、メッキにすんぞ。

これはきっと誰もが予想できた人選だろう。

俺がふなっしーなら、あいつはチーバくん……いや、クラスが違うからくまモンだ。周りからの信頼は厚いし、この場における評価点——運動神経もずば抜けている。これ以上よそもんを出すとコバトンに消されるので、もう何も言いません。

「始める前に簡単なルール説明をする——」

言っておくと、俺は他のやつらと違ってやる気を持ち合わせていない。これだとまるで「周りと違う俺かっこいい」みたいだが、それは中学の頃に卒業している。

体育は結局運動神経ゲー。つまり、個人に定められた運動能力の範囲内で、それなりに頑張る科目なのだ。身の丈に合わない努力ほどつらいものはないのだから。

ただそれでも、今回の種目はドッジボール——つまりチームスポーツだ。ONE TEAMが流行《はや》っている今、あからさまにやる気がないことが判明すれば、仲間であるクラスメイトの俺に対するヘイトが溜《た》まってしまう。元々好かれてはいないだろうが、わざわざ嫌われる理由もない。

だから、うまく立ち回る必要がある。……ある程度生き残って、外野の人数が増えてきたら適当に消えるか。

ホイッスルが鳴って、ボールが空中に放られた。運動神経がいいからといって、相手は本業だ。水田でも金髪に勝てるはずはなく、ボールはマイボールとなった。そしてそのままあらかじめ決めておいた外野にボールが回される。

ここまでは予想通り。小学生の時より知能が進んだ俺たちは、ただボールをキャッチして目の前の相手に投げるのではなく、頭を使えるようになったのだ。これがその成果の一つ、外野間でボールを投げ続け「ずっと俺のターン！」を地で行く戦法である。だがこれも永遠に続くわけがない。ずっとって言ったのに、この嘘《うそ》つき！

そこでいつ守りになってもいいように、この間相手チームの要注意人物を把握しておくのだ。これには長年のボッチ生活で培った人間観察が効いてくる。

まず間違いなく水田。それと授業が始まる前、金髪と仲が良さそうに話していた外野の二人。きっとどちらもバスケ部だろう。投力は侮れない。あと他は……要注意というほどではないな。今持ってる情報ではこれが限界だ。

「おい！　何してんだ外野！」

「わりー！」

しばらく時間が経《た》ってから突然、金髪がバックステップを踏みながら、外野を咎《とが》める。どうやら威力の落ちたボールを見逃さなかったらしい。水田がボールをキャッチし、俺たち同様外野に回した。それを受けたのは先ほど確認したバスケ部であろう生徒の一人。

しかし案ずることなかれ。彼の位置を把握していたことと、持ち前の影の薄さを活《い》かし俺は彼の視界から見事に外れている。……持ち前の影の薄さってなんだよ。俺ってもしかして幻のシックスマンなの？

一方で何の対策もしていなかったであろうクラスメイトらは、攻守の切り替えが間に合わず一つの大きい集合体となってしまっていた。

「くらえ！」

ありきたりな掛け声とともに、ボールは一直線にそこに飛んでいく。思った通り、なかなかの投力だ。集団の誰かに、なんなら複数名に当たってボールは空中に上がる。それをまるで他人事《ひとごと》のように見守っていると、不意に金髪と目線が交差した。……任せたみたいな顔すんなよ。見捨てたと捉えられ、目を付けられるのもめんどくさいので、渋々落下地点を予測してそのルーズボールをキャッチした。

「ナ、ナイス！　えーっと……篠……そうだ篠沢《しのざわ》だ！」

惜しい！　一字違いはよくあるよね！　……ごめん、俺君の名前一文字も知らないや。

クラスのピンチを救った俺は再び外野にボールを回した。

「——それじゃあ、二つ目入れるぞー」

「……なるほどな」

体育教師の声の方向に首だけを振り向かせると、もう一人の要注意バスケ部の手元に二つ目のボールがあった。ルールを聞いてなかったから知らなかったが、今回のドッジボールは途中からボールが二つになる系らしい。そういや中学でやったことあるなー。思い出なんてなかったから今の今まで忘れてたけど。

時間的にも中盤で、変化が生まれるにはちょうどいいくらいになっている。……そろそろ退場する潮時だろう。活躍も少ししたから、あとで文句を言われることもないだろうし。

そう自らに言い聞かせてその外野の方に向き直る。視線をわざと合わせ、向こうに俺を認識させるとボールを捕らえる体勢を作った。ここで棒立ちで当たればすべてが水の泡。最後まであがいたという事実を周りのやつに植え付けることが大事なのだ。

「くそ、外野またやりやがった」

「内野も楽じゃねえな。あ、わりい！」

「え——」

突如クラスメイトが体に当たり、バランスが崩れる。体幹を文化部に求められても困るんだけど。

そのままばこんと、少し鈍い音がこれでもかという程近くで聞こえた。

無理もない。何せ外野の彼が投げたボールは俺の予想以上の速さで、俺の顔面を襲ったのだから。何とかギリギリで対応を変え正面は避けたが、それがかえって頭部には悪い選択だったらしい。……視界がぐにゃぐにゃしてるが、残念なことにルール上では頭部はセーフ扱いだ。ここで屈《かが》んで変に目立ちたくはない。

「——先生、タイムをお願いできますか？」

「どうした水田。これは野球じゃないんだぞ」

「いえ、少し気になることが」

視線が合った。来るな、なんていう一縷《いちる》の望みも空《むな》しく、水田は俺の方に向かってきた。

「軽い脳震盪《のうしんとう》……だよね？」

頭を押さえていた手を無意識のうちに下ろすも、水田はそのまま続ける。多くの視線がこちらに注がれているのが嫌でもわかった。

「ゲーム的には顔面セーフだけど、何かあるといけないから保健室に行った方がいい。肩を貸そう」

さすが、みんなの人気者のイケメンくんは違う。俺みたいなやつにも関係なく優しいとか、惚《ほ》れちゃいそうになるね。状況が状況だからか、めちゃくちゃ光るフィルターが俺の目についている。……こんなやつに俺は嫉妬してたのかよ。笑いものだな。

「……いや、必要ない。この通り自分で、一人で行ける」

水田の返答を待つことなく、体育教師に訳を簡潔に説明し体育館を後にする。

それまでの間、ひたすら慣れない視線を浴びせられくすぐったかった……というより居心地が悪かった。いつもはどうでもいいくせに、こんなみっともない時に限って見てくんじゃねえよ。あと一瞬でも人気者になった気分を味わいたいやつは、こんな感じの怪我《けが》をすればいいと思います。経験者はかく語りき。

保健室のベッドに寝転びながらところどころに染みのある天井を眺める。年季入ってんなー。これがお金のない公立高校の限界か。なんて思うほどには頭の具合は回復していた。

「授業が終わるまであと十五分はあるのか……」

時計を確認して、これならば寝ようと目を瞑《つぶ》って眠気を待っていたところに。ガラガラと引き戸が開かれた音がした。……養護の先生が戻って来たのか？

「――篠宮《しのみや》……？」

ゆっくりとベッド周りのカーテンが開き、隙間から来室者が顔を覗《のぞ》かせる。俺に積極的に声をかける緑ジャージの生徒など一人しかいない。

「……神崎」

不安に満ちた顔が俺の反応を見て一つ、安心したようにため息をついた。

「……よかった。頭、大丈夫そうだね」

「なぜだろう、煽《あお》られてるように聞こえる。それでお前はどうしたんだ？　怪我でもしたのか？」

「ううん、お見舞いに来たの。あ、でも授業受けてるみんなからしたら、足挫《くじ》いて保健室に行ったたってなってるか」

「仮病使うなよ。優等生だろうが」

「せっかく来てあげた彼女に対してその言い草はないんじゃない？」

「……サンキュ」

「はいよくできました。それにしても体幹なさすぎだね。私の中学の頃より酷《ひど》いと思うよ？」

思い出されるのは試合中。俺がこうなった最大の要因となるシーンだ。

「いきなり罵倒とか、お前の接し方の方が酷いだろ。あれは突然ぶつかってきたあいつらが悪い」

「もう一つのボールも相手の手に渡って、防戦するしかなくなった状況なんだから仕方ないでしょ。寸前まで周りばっか気にしてたくせに、肝心なところでこれだもんなー」

「く……。ていうかなんだ……あれは本気出してないだけだ。実力を隠してんだよ。能ある鷹《たか》は～ってよく言うだろうが」

「あーはいはい。そだねー」

「流行語を雑に扱いすぎだろ」

「とりあえず、その様子じゃ後遺症とかもなさそうで安心したよ」

「体育の授業中の事故でなんて大げさな。ほら、もう問題ないぞ」

「そういう元気アピールはいいから。大人しく寝て」

上体を起こそうとしたところで、神崎に無理矢理《むりやり》寝かされた。このベッド固いからあまり力入れて押し込まないで欲しい。資金力のなさが顕著に表れてんな、この保健室。

神崎は近くにあったパイプ椅子を枕元に移動させ、そこに腰を下ろした。

「そういや、さっき読唇術？で何伝えようとしてたんだ？」

「やっぱ伝わってないか。試合中の様子を見るにやる気なさそうだったから、一瞬私って魅力ないのかと疑っちゃったじゃん」

「……どういうことだ？」

あと一瞬でも嘘だろ。こいつが自分で自分を疑うなんて。

「もう一度確認させてあげる」

そして神崎は再び口の動きで一つの単語の発音を表し始めた。周りを気にすることがないからか、さっきよりも大きくである。……唇、絶対柔らかいな。

「……『ご褒美』？」

「正解。頑張り次第ではあげちゃおうかと思ってたんだけど、まさか怪我を負うなんてね。ついてないにも程があるでしょ」

「最近星座占いで一位だったらしいからな。そのしわ寄せがきたんだろ。ていうか俺、どちらかというと活躍した方じゃない？　ほら、クラスの危機救ったし」

一度ボールをキャッチしたくらいだが、間違ってはいない。

「それができたのはその前に状況を分析して、自分だけ外れた位置に逃げてたからでしょ。協調性ゼロだからマイナス点だよ」

「中学の先生かよ、お前は。にしても見すぎじゃね？　俺のファンか」

「残念、彼女です」

「ここまでくると、それがご褒美でもおかしくないな。あの神崎が自分のことだけをずっと見てくれてたなんて」

「……やっぱり頭に異常あるじゃん。そんなこと言うなんて。……あと、他の人も見てたし。自惚《うぬぼ》れないの」

軽いチョップが俺の頭を襲った。判断材料といい、コメントといい塩対応すぎる。傷口に染みるね。怪我人には気を遣えって教わってこなかったのかよ。

「——でもまあ、私的にかっこよかったから特別点をあげる」

そう言った神崎は仰向《あおむ》けの俺の頭をゆっくりと撫《な》で始めた。チョップを繰り出した手から生まれているとは思えない、規則正しく襲ってくる慣れない感触は、初めてだというのに安心感を妙に与えてきている。

「審査基準ブレブレだな。あと顔面セーフ途中棄権のどこがかっこいいんだよ。どうせならそんな俺を真っ先に介抱した水田の方が――」

「うるさいよ」

頭を撫でる手とは違う方の手で俺の口を塞いだ神崎。いつもとは違う雰囲気に思わず顔に視線を向けようとするも、草食動物のような視野を持たない俺には角度的にそれは不可能だった。

「ちょっと私怒ってるからね。……もっと自分のことを大事にしてよ。体も心もさ」

不慮の事故だ、と主張しようにもこの状況では言葉になってくれない。しかしその主張すらも察した様子で神崎は続ける。

「あんな時に限って私は隣にいることが……ううん。真っ先に駆け寄ることを許さないのはそっちなんだから、自分で自分の管理くらい完璧にこなしてよ。できないなら……次あんなことが起きた時、水田くんよりも、誰よりも早く傍《そば》に来ちゃうから」

「……悪かった。次からは気をつける」

神崎が自ら俺の口元から手を離したので声を出すことができた。関係をバラしたくない俺にとっては、みんなの前で真っ先に介抱の方が罰ゲームというかいい薬になるのである。

それがわかっているあたり、本当に察しがいいというか人の扱いが上手《うま》いというか。

すると視界の八割が、覗《のぞ》き込《こ》んできたらしい神崎の整った顔で埋め尽くされた。

「何緊張感のない顔してんの？　私怒ってるって言ったじゃん」

「だから謝っただろ。反省もした」

「口先だけじゃ何とでも言えるよね」

「第一、頭ずっと撫でられながら諭されても、その内容が響くのは幼稚園児だけだと思うが？」

その瞬間ピタリと俺の頭を撫でる手が止まった。……図星か。

「そ、それは……し、仕方ないじゃん。クセになっちゃったんだから」

「俺の頭を危険ドラッグみたいに言うな」

「意外とくせ毛なんだね、篠宮」

「狙ってる？　だとしたらセンスが壊滅的」

「……普通に篠宮の髪質がってことだよ」

空いた片方の手で軽く頬《ほお》が抓《つね》られた。……また図星かよ。ここは色々忠告した方が良さそうだ。幸い先っちょが摘《つ》ままれている程度なので、声は出せる。

「だいたいな、お見舞い来たっていうのはいいが、この状況を他のやつらに見られたら」

「――琴音《ことね》～、迎えに来たわよ……ってあれ？　誰もいない……これじゃあ少し早めに抜け出してきた意味ないじゃないの」

ガラガラと、まるで俺たちにタイムリミットを知らせるような無機質な引き戸の開閉音。それに合わせて目線を時計に動かすと、針は既に授業終了五分前を指している。今の声は間違いなく金髪ツインテの舞浜《まいはま》だ。

顔を正面に戻すと、神崎はまばたきをぱちぱちとして口を開いた。

（こういうの、確かフラグって言うんだよね？）

（……その発言がこの状況で出てくるとか、冷静か天然のどっちなんだよ！）

貸した『告スペ』にでも出てきたのだろうか。今は知識お披露《ひろめ》日会ではないんだけど。

「ベッドかな……」

足音がぱたぱたとこちらに近づいてくる。同時に俺の心拍数はドキドキと上昇していく。何とかしようにも音を立ててしまうので、ベッドの上にいる俺にはどうすることもできない。神崎が無策の天然野郎だった場合、万事休すだ。

（大丈夫。ちゃんと考えがあるから）

（……何してんの？）

期待のような、そして縋《すが》るような俺の視線を感じたのか神崎はそれだけ言うと、俺の質問に答えることなく上履きを脱ぎ始めた。女子の着替えシーンってどこの部位でも基本的に背徳感があるよね。だからガッツリチラ見しました。

神崎はやがて脱ぎ終わった上履きを持って屈《かが》み、ベッドの下にそれをしまう。

(──じゃあ、お邪魔しま～す)

「は!?」

神崎はベッドの上に上ると、そのまま俺の隣のスペースに収まり掛布団の中にその身を潜めた。

それとほぼ同時にカーテンが音を立てて、舞浜の手によって開かれる。

「……何、どうしたの？　突然変な声出して」

「…………いや、別に」

「ふーん。まあいいけど」

特に怪しがることもなく、舞浜は保健室にあるもう一つのベッドに足を向けた。きっと神崎を探し求めての行動だろう。……実はここにいるんだよな。掛布団が自然と膨らみ、隙間から神崎がひょっこりと顔を出す。……やっぱ近い。いい匂い。小動物みたいでなんか可愛《かわい》い。

(うまくいったでしょ？)

（……結果論だろ。舞浜がよく知らないやつの布団を剝《は》ぐようなタイプだったら、今頃詰んでるからな）

（凛《りん》がそんな子じゃないのは親友の私がわかってるから。それに、攻撃こそ最大の防御って言うじゃん）

（使い方が違う気がするし、お前はもっと堅実だと思ってた）

（意外と大胆だよ？　私は）

そう言うと神崎は俺の右腕を伸ばして自分の枕にした。ついでにわがままとか、自分勝手とかも似合ってるよな。言わないけど。

「――ねえ」

「……⁉　な、なんだよ」

不意に声をかけられ、慌てて神崎が見えないように布団をかけた。この怪しい挙動、傍《はた》から見ればまるでエロ本隠してるやつだな。

「琴音知らない？　さっきここに来たと思うんだけど」

不意に質問が飛んできた。俺のことを知っているかは別として、話したこともないのにいきなり質問とは。それだけ神崎の名が知れてることに確信を持っているのだろう。

「あー……来たは来たけど、割とすぐに出て行ったぞ。挫いただけらしいし。……トイレにでも行ったんじゃないか？」

「そうね……琴音のことだからサボりとかはないだろうし、それが正解かも」

親友とやらも大したことはないらしい。残念ながら誤答である。かといって正答は死刑宣告と同義なのだが。

「あんたは頭、大丈夫なの？」

「……あ、ああ。だいぶ良くなった」

神崎もそうだが、やはりその聞き方はやめてもらいたい。喧嘩《けんか》売られたのかと思っちゃったじゃねえか。それにしても……。

「何よ、その意味深な目は。言っとくけど、あんな騒ぎになれば誰だって気づくから。あんたを見てたとかじゃないし」

まるでツンデレのテンプレートだが、声のトーンや態度からこれはガチの方であることがわかる。感じ悪いやつだな、おい。

「……わざわざ言われなくてもわかってる。ただ、クラスで見てて気遣いができるタイプだとは思ってなかったからな。少し意外だっただけだよ」

「は？　え、あんた同じクラス？　てっきりC組の生徒だと思ってた」

そっかー。存在すら認識されてないかー俺。どうやらこっちの世界線で俺のことを知ってるやつの方が珍しいようだ。夢では世界、救ってんだけどなぁ。

「冗談よ。うちのクラス側のコートだったし、クラスで自己紹介の時にいた顔だから憶《おぼ》えてるわ。名前は……篠沢？」

「……篠宮だ」

名前憶えられないとか自己紹介の役割半分死んでんじゃねえか。俺が言えた義理じゃないけど。金髪もこいつもそっちで憶えてたし、この際篠沢に改名するのもいいかもしれない。神崎さんは陰で笑わないでくださーい。

そして突然四時間目終了のチャイムが鳴った。

「篠宮……か。一応憶えておくわ。お大事に。……あと、運動神経もっと磨いた方がいいわよ」

そう吐き捨てて保健室を後にした舞浜。それとほぼ同時に無数の足音が近づいてきたが、それに対し舞浜が「琴音はお手洗いだから教室で待ってれば直に来るわ」と伝えたことにより、すべての進行方向が反対へと変化した。俺のお見舞い人は誰もいないのかよ。

「……さっきから何笑ってんだよ」

「いや、凛も容赦ないなーって」

「ほんとだわ。あいつ会話のキャッチボールできないタイプだぞ」

いきなりカットボールを飛ばしてくるのだ。ただでさえ会話の機会が少ないボッチに取れるはずがない。

「いい子なんだけどね。ちょっと勝気というか」

どこか面倒がかかる子供を思うかのような口調で呟《つぶや》きつつ、布団から抜け出して伸びをする神崎。二人には俺の知らない、繋《つな》がりがあるのだ。そこに進んで口を挟もうとまでは思わない。

「それじゃあ、先戻って部室に行ってるから。ずるしてこのまま早退とかしないでよ」

「……しねえよ。仮病使った誰かさんじゃあるまいし」

「今、図星だったでしょ？」

さっきまでのお返しとばかりの指摘。俺も人のことを言えないらしい。

「いいから早く行け」

「はーい」

上履きを履いた神崎は逃げるようにベッドから立ち上がり、そのまま保健室を後にした。

別れの挨拶をしなかったということは、つまりそういうことだろう。行くしかないか……。

養護の先生が来るのを待って、俺は結局いつもの場所へと向かった。

# 第六話❤面倒事だけは俺に懐く

突然だが、ボッチは比較的優等生の部類に入る。目立つことを極力避けるために制服を過度に着崩すことはないし、生活態度も悪くない。故に問題児として校長室などの厳格な雰囲気漂う場所にお呼ばれされた経験などない。

思春期の女子は不良のような、危ない感じのする男を好きになると言われているが、男子諸君はそれに影響を受けてつっぱってはならない。そういう女ほど大人になるにつれ金が優先になるから。結局、一番ピュアな恋愛をしているのは小学生である。

――まったく、小学生は最高だぜ！

「――篠宮《しのみや》くん」

「は、はい」

凛とした声に自然と体が反応し、姿勢を正した。

「紅茶でいいかしら？」

「……お願いします」

びっくりした……思考でも読まれたのかと思った。ロリコンであることが真実だから、びくびくしているわけでは決してない。

今、俺は生徒会室の接待スペースみたいな場所にある椅子に座っている。

生徒会室もある種、校長室と似たようなもの。ではなぜ、先述のような経験のない優等生な俺がこんなところにいるのか。実は俺もよくわからない。

というのも、昼休みにいつも通り部室で神崎《かんざき》のことを待っていたところで、ここに突然連行されたのだ。背中を覆うほどの黒髪をなびかせて、ティーポットを操るあの人に。

彼女の名前は波盾《なみだて》すみれ。俺より一つ学年が上の三年生で、この学校の生徒会長。

入学式で壇上に上がっていたのが記憶に新しい……ってよく考えたらそれって一年の頃から会長職に就いてるのか。この学校の生徒会選挙秋頃だからな。俺のようなやつが知っていても当然だし、なんなら学校で知らないやつはいないレベルだ。

そして有名人には噂《うわさ》が付き纏《まと》うもの。校内に蔓延《はびこ》るそれによると、容姿端麗、成績優秀、運動神経抜群などなど様々な美辞麗句が並んでいる。判断不可能なものもあるが、間近で見た限り極端に尾ひれがついたわけでもなさそうだ。言ってしまえば、三年生版神崎。いや、確実にそれ以上だろう。何このハイスペック。この学校、この人といい神崎といい、女子生徒のクオリティが無駄に高い気がする。……俺みたいな男子で均衡を保ってるって？　やかましいわ。

「ごめんなさい、突然連れてきてしまって」

「い、いえ。基本暇なんで」

普段関わることのない先輩という存在プラス美人。思わず委縮してしまうのは、男子としては当然の反応だ。

「ふふ、緊張しなくていいわ。簡単な話をしたいだけだもの」

「はあ……ちなみに内容は叱責だったりします？」

「わざわざそう尋ねてくるということは……心当たりがあるのかしら？」

「いえ。ただ、まるで犯罪者みたいにここに連れてこられたので」

「それもそうかもしれないわね。安心して、そのような内容ではないわ」

会長はそう言って湯気の上るティーカップを俺の前に差し出し、自分も向かいの椅子に腰を下ろした。そして優美な所作で自分のそれを口元に運ぶと、こちらを見据えた。

「昼休みも長くないから単刀直入に話すと、君が部長を務める文芸部は今、廃部の危機に晒《さら》されているわ」

「へー……って廃部!?」

思わずカップに伸ばしかけた手を止め、勢いよく顔を上げた。

「随分といい反応をするのね」

そんな俺を見てくすりと上品に笑う会長。……こっちは笑えないんだけど。

「理由を伺っても？」

ここは冷静になるべきだ。紅茶から距離を置くように姿勢を正した。

「……部員の不足よ。確か新入生が一人入部して、あなたと計二人よね？」

「はい」

でも、と続ける。今の会長の説明は俺の知識と照らし合わせて納得できるものではなかったからだ。

「部費が必要ない文芸部でその理由はおかしくないですか？　生徒手帳にある部活動に関する規定でも、人数が少ないってだけで無条件に廃部になる旨の記載はないはずですし」

俺の言葉に目を見張る会長。間違ったことは言ってないはずなんだけど。

「……驚いた。まさか規定に目を通している生徒がいるなんて」

……今のは生徒会長としては失言に当たるんじゃなかろうか。

とはいえ、会長の反応ももっともだ。このご時世、生徒手帳を真面目に読み込む輩《やから》など絶滅危惧種。俺みたいに活字慣れしていて、時間を持て余している者ぐらいしかいないだろう。そんな俺も自分に関係しそうな項目しか憶えていないが。

「困ったわね……そこら辺の理由で適当に捲《まく》し立《た》てればいけると踏んでいたから、想定外よ」

おい。失言に次ぐ失言だぞ。そろそろ防止マニュアル作った方がいいんじゃないの？

「仕方ないわ。君には真実を話してあげる」

「いや、最初から話してくださいよ」

「……私としても抵抗はあるのよ」

会長は小さなため息を紅茶に溶け込ませて一緒に飲み下した。

「実は……廃部の件は卓球部からの要請なの」

「要請……？　廃部をですか？」

そんなこと、アニメなどの世界でもあまり聞いたことがない。実例が浮かばないので、どのような経緯があってのことなのかは会長の説明を待つ以外、知る由もないのである。

「うちの卓球部は毎年全国に行ってるじゃない？」

「……はい」

じゃない？　と言われても俺には興味がないことなのでわからない。ここで話の腰を折りたくないので、適当に頷《うなず》いておく。

「それで新入部員も年々増えているらしいの」

「まあ、それは当然の流れでしょうね」

「ええ。だから練習場所が足りないらしくて……」

わかった。今の説明から、綺麗《きれい》な顔立ちに表れている申し訳なさそうな表情から、この先に続く……理不尽とも言うべき考えが。

「文芸部の部室を練習場所の一つとして使いたいそうよ」

「それで廃部を要請……ですか」

「人数が少ないのだからそれでいい、と卓球部の顧問がね。……とても表沙汰にできる話じゃないけど」

だから会長は、多くの生徒が知らないと予想できる規約を逆手にとって――それらしい理由をこじつけて俺に廃部を告げようとしたわけだ。

確かに文芸部室は教室にしては広い方だ。詳しくはわからないが、卓球台も二台くらいは余裕で入ると思われる。顧問とやらも慧眼《けいがん》だな。あの教室に目をつけるなんて。

「そんなの――」

「まあ、納得できないわよね」

「……え？」

「意外かしら？」

「……まあ」

最初は真実を隠そうとしてはいたが、この用件を口にしたのだ。その時点であちら側の人間かと思っていた。

「生徒会長として話を預かった以上、話すしかなかったの。生徒会なんて大層な名前がついているけれど、結局先生や学校の犬にすぎないから」

「いや、そこまで言わなくても……。権力に逆らえないのは珍しいことじゃないですし」

「ありがとう、気を遣ってくれて。でも安心して。ここからは中立の立場で話をさせてもらうわ。廃部についてはもちろん拒否でいいのよね？」

確認にも似た問いかけに黙って首肯すると同時に席から立ち上がった。

「意思表示は済んだので、ここで失礼します」

「少し待ちなさい。ここから、と言ったでしょう。まだ終わりじゃないわ」

「要請を断ったっていう事実以上に大事なことがあるんですか？」

「いくら理不尽な物言いだとはいえ、理由もない意見を受け入れてそれを一方的に切り捨てることはできないわ。言ったでしょう、中立の立場だって」

つまりお前の味方になったわけではないから勘違いすんなってことか。屁理屈《へりくつ》かよ。

「……めんどくさ」

「そういうものよ。こういう役職は特にね。もしかして、経験がないのかしら？」

「面倒事だとわかってるのに、わざわざ首を突っ込みに行くような素敵な趣味は持ち合わせていないので」

「口は達者なのね。ほら、早く席に戻りなさい」

言っていることに筋は通っている気がするので、無駄に反発することができない。大人しく言われた通りにする。

「そういうことだから理由をどうぞ」

「理由なんてそれこそ『嫌だから』とか『気に食わないから』とかの曖昧なやつしかないんですが」

「あら、ならその気に食わない理由でも教えてくれればいいわ」

声のトーンを僅かに上げる会長。なんでだよ。

「それだと俺、ただの嫌なやつになりません？」

「そうかもね。まあ、話したくないのならそれでもいいけれど、残念ながら廃部は確定事項ね」

にこりと笑みを浮かべた会長。どうしても、俺をそういうやつにして卓球部のやつらと対立関係に置きたいらしい。……意外と性格が悪いのかもしれない。

「……わかりました。話しますよ」

「そうこないと。それで、何が気に食わないの？　数の多さをさも正義のように振りかざしてきたところ？」

なんか活《い》き活きしてやがる。生徒会長という厳かな肩書があっても、悪口で盛り上がれるあたり普通の女子高校生なのか。まず悪口で盛り上がれる女子が怖い。

「いえ、それに関しては特に」

世の中全部、数の多い方が優先されることも、部活動において運動部が是《ぜ》とされることもこれまでの長くはない人生で当たり前のことだと理解している。今更そこに一石を投じようなんて思わない。

「ただ、部員のすべてがやる気に満ちているわけでもないのに、練習のスペース確保とか宣《のたま》って他の部活にまで侵攻してきたのがむかついただけです。まず志を合わせるところから始めろって思いました」

「へえ……意外と言うわね。部員のすべてがやる気に満ちているわけでもない……というのは、君が元卓球部で間近で見てきたからそう言えるということかしら？」

「いえ、卓球は中学の体育でやっただけです。高校の部活はずっと文芸部ですよ」

「……ならそれ、偏見じゃないかしら？」

途端に会長の態度から呆《あき》れが覗《のぞ》き始めた。根拠がなさそうならそういう反応になるだろう。でも決まって、個人の体験だけが考えの根拠になるわけではない。

「かもしれないですね。けど、会長は知ってますか？　人気に流されて部活を選んでいるやつがいるってことを。もれなくブランドも付いてくる全国クラスの卓球部ならではって感じですね」

「……なるほど。それなら確かに、君の主張も否定はできないわね」

考え込むような仕草のまま会長はそう頷いた。あの時水道場で会話をしていた二人組の服装は、恐らく生徒間では部Tと呼ばれているもの。そこにはしっかりラケットとピンポン玉が印刷されていたのだ。

「まあ、部員全員が一致団結して全国連覇を目指すっていうなら考えてあげなくもないですけどね」

「ふふ、随分と心にもないことを言うのね」

「まさか。ちゃんと本気でそう思ってますよ」

できるなら、の話ではあるが。人の性質は一日二日でそう簡単に変わるものではないのである。ずっとボッチの俺が言うと説得力があるな。

「君の主張がそれならこちらからも一つ、いいかしら？」

「どうぞ」

話すことは話したのであとは優雅に紅茶でも飲もうかと再びカップに手を伸ばす。

「君が文芸部に入った理由を教えてくれない？」

しかしまたもやそれは叶《かな》わなかった。前かがみになっていた姿勢を戻した。

「……そ、そんなの聞いたって時間の無駄ですよ」

「いいえ。人の入部理由にとやかく言えるんだもの。立派な理由に違いないわ」

得意げな顔でこちらを見据える会長。口元に浮かんだ笑みが魔性のそれである。明らかにこれはわかっているやつだ。……まじで性格悪いんじゃないの？

「……楽そうだから、です」

「よく周りに流されることをあそこまで不純なものとして扱えたわね。君のもそこまで大差ないわよ」

知ってるわ。言われなくても。ていうかあんただって、絶対俺が言わなくても答え出てただろうが。

「でも、どうしてそれで帰宅部を選ばなかったのかしら？　楽さで言ったら断然そっちよね？」

「……放課後も一緒にいたいくらい本が好きだったんですよ」

嘘《うそ》である。高校生になり周りの環境が一変したことで、中学の頃は帰宅部であった一年前の俺は期待したのだ。部活動での出会いというやつを。しかしいきなりハードものを選ぶ勇気も度量もなく、結果馴染《なじ》みのある本があって楽そうな文芸部に入部したというわけだ。ちなみに期待した出会いは部活では一切なかった。大抵そういうものである。

「まあいいわ。でもこれで、文芸部が君の否定する卓球部とは違って真剣である、とは一概には言えなくなったわね」

別に否定してはない。ちょくちょく因縁つけようとするのはやめて。ラケットでぶん殴られるから。

「……廃部撤回の主張としては弱いと？」

「そうじゃないわ。ただ、指摘には責任を持って、君たちにも意志を見せて欲しいだけ。例えば……部員を一人でもいいから増やす、とか」

「部員を？」

「ええ。建前上、卓球部の顧問は廃部を要請する際に人数が少ないことを根本的な理由にしているわ。そしてそれを避けるために人数を増やしたのなら、それは立派な意志よ。自らの部活動にしっかりと向き合っているというね」

「それで黙るくらいなら、元々こんな理不尽なことは言ってこないと思うんですけど」

会長が今ポロリと口にしたように人数云々《うんぬん》の話は建前に、横暴さを少しでも包み隠すオブラートにすぎないのだ。

「私に示すことさえしてくれればそれでいいわ。そうすれば——あとは何とかしてあげる。たとえ相手が全国クラスの卓球部であろうとね」

「……」

「あら、もしかして学校の犬でしかない私の言葉では不安かしら？」

何とかする。その言葉ほど曖昧で期待値の低いものはない。だからこそ、その場を凌《しの》ぐための言い訳に使われることが多いのは誰しもがよくわかっているだろう。

しかし今のはその類ではなかった。凛《りん》とした声に、こちらを真《ま》っ直《す》ぐ見つめる曇り一つない眼《め》がそうさせたのだろうか。不安どころか、十分期待できるものである。

「……中立じゃなかったんですか？」

「元々はあっちからの一方的な要請だもの。中立の立場なら、少しのハンデくらいは与えないとね」

「じゃあそのまま会長が入部してくれるまでがハンデで」

「それだと完全に中立の立場ではなくなるから無理よ。それに生徒会長って色々大変なの。

こうして部活間の問題に取り組んだり、君みたいな生意気な生徒に関わったりね」

「失礼な。もっと生意気なやつなんて山ほどいますよ」

「否定はしないのね。……一生徒としてならもう少し手助けをしてあげるわ」

頰《ほお》を僅かに緩ませてくすっと笑うと、まず会長は伸びをした。反れた体に合わせて動いた双丘に一瞬だけ目が釘《くぎ》付けになったが、必死になって無理矢理《むりやり》視線をずらした。

……誰とも比較はしません。みんな違ってみんないいんですから。はい。

「紅茶、せっかくいれたのだから冷めきる前に飲んでくれないかしら？」

「ああ、はい」

飲む機会をなくし続けた結果である。巡り巡って会長のせいでもあるんだよな……。

「うまいですね」

「そう。ならよかったわ」

そして会長は席から立ち上がると、壁際にある収納棚に歩みを進める。

俺もつられて腰を浮かせ、初めて訪れた生徒会室という場所をぐるりと見回した。

広さは教室よりはないが、一つの部屋と見た場合は広い部類に入る。文芸部室よりもやや大きいかも。隅には先ほど応対してもらったスペース、会長の向かった棚には資料が所狭しとばかりにずらっと並んでいる。勝手に抱いていたイメージとそう大差のない感じだ。

「机は会長の一つだけですか？」

「……そうよ。みんな仕事を持ち帰っちゃうから、私のだけでいいの」

「へー」

道理で部屋が広く感じるわけだ。卓球部の練習スペース、ここでもいいんじゃね？

「確かここらへんにあるはずなんだけど……」

会長は背伸びをして、最上段の資料のラベルを確認している。……まず資料の量がおかしくないですかね？　絶対一度も見られたことがないやつあるわ。

「何探してるんですか？」

「君のためになるものよ。——あった」

互いに圧を掛け合っていた資料の中の一つが会長の手によって引き抜かれた。ともなれば支えをなくしたものは落下するのが当然であり。

「ご、ごめんなさい……！」

ドタドタドタと音を立てて資料が床にぶちまけられた。振り返った会長の顔は動揺に染められている。さっきまでとのギャップに不覚にもドキリとした。

「……いや別に。ミスなんて誰にでもありますし」

やましい感情を追い出すために、その資料を拾うのを手伝うことにした。

「意外とドジだったりします？」

沈黙の方が余計に意識してしまうため、会話に逃げる。こんなに量がある中で、他を片手で押さえることもせずに一つを取り出せば、こうなるに決まっているというのに。

「た、たまによ!?　いつもじゃ……ないわ」

「常習犯みたいですけど」

「違うって言ってるでしょう!?」

「とにかくこれ先に戻しちゃいましょう。拾ったやつください」

「悪いわ。私が原因なのに」

「また同じことをされても困りますから」

「……ありがとう」

資料を受け取って、なるべく落ちないようにと工夫して収納した。ここでも発揮される掃除ガチ勢の力よ。

「助かったわ。……はいこれ。今のお詫《わ》びという形で」

「こじつけじゃないですか……」

そう言いつつも会長からファイルを受け取る。目的の品からお詫び品ってグレードダウンなのかアップなのかいまいちわからないな。

「それは部活動に入っていない生徒、兼部が可能な部活に所属している生徒を中心に集めたものよ。……まあ、いくら生徒会とはいえ、扱える個人情報には限界があるけど」

会長の説明を頭にエッセンスのように加えながら、次々とページをめくっていく。

どのページにも、履歴書のような形で顔写真とクラスなどの、簡単な情報がまとめられた資料が丁寧にファイリングされていた。

「私が自主的に作ったもので、生徒会には一切関わりがないから、持って帰ってくれても大丈夫よ」

「何のために作ったんですかこんなの……」

「必要な時もあると思ってかしら。実際今回みたいな時は便利でしょう？」

会長は今もページをめくる手を止めない俺に淡々と告げると、踵《きびす》を返して部屋の中心に佇《たたず》む机に向かった。理由はわかったが、ある意味頭がおかしいという感想が出てくる。

今回のように必要な時は確かにあるかもしれないが、そんな不確実なことに向き合うなんて超人すぎるだろ。一人三役とか普通にこなしてしまいそうだ。

「ほら、早くそれを活用でもして新たな部員を見つけなさい」

「そういえば、期限はあるんですか？」

「そうね……生徒総会までにはお願い。だから、六月の半ばあたりまでね」

「となると二か月でなんとかすればいいんですね？」

「ええ。自信ありそうじゃない」

「ここまでお膳立てをしてもらえばさすがに」

「そう。……あ、チャイム鳴ったわね」

どうやら昼休みが終わったらしい。弁当を食っていないが、それは放課後に食えばいいだろう。

「それじゃあ失礼します。色々ありがとうございました」

「君みたいな人でもお礼は言えるのね」

「そこは素直にどういたしましてでいいでしょ……」

不満をこぼしながらも、自分にしては珍しい自信を感じつつ教室を目指した。


…………………♥…………………


「これやっぱ無理じゃん……」

放課後。誰もいない中庭のベンチで一人、会長からもらい受けたファイルを開いたままにして弱気にぼやいた。自信は既に消滅している。ちなみにここも結構お気に入りの場所だ。他の生徒が部活に勤《いそ》しむ放課後限定ではあるが。

確かにこれには、文芸部に入ってくれる可能性の高い生徒が多く載ってはいる。

——しかしだ。

知ったところで、誰とも面識がないのは変わらないので、ボッチの俺がアプローチをできるわけがなかった。

そもそも誰かもよくわからないやつに「なあ、君！　一緒に本を読まないか？　文芸部に入ろうぜ！」などと言われたら誰であれ嫌だろう。別に運動部による新入生の勧誘を揶《や》揄《ゆ》ってるわけではない。ほんとに。だって俺、声かけられたことないもん。自分で傷を広げるな。

「——せーんぱい！」

「ぐえっ……」

「あはは、カエルの物まねですか？　クラスの出し物とかでやる予定なんですー？」

「……てめえの首を絞めたら同じ音が出るだろうよ」

やって来た姫島《ひめじま》はベンチの後ろから腕を俺の首に巻きつけている。今でこそハワイを訪れた時にもらうレイのようではあるが、最初はもう蛇だった。……カエルだけに丸呑《まるの》みされるかと思ったんだけど。

「休みって連絡がないのに、部活に来ないので心配で来ちゃいました！」

「まるでここにいることがわかってたみたいに言うな。上がってる心拍数が努力を証明してくれてるぞ」

「わざとですよー。部活の先輩を見つけるために奔走していた後輩。なんて魅力的なんでしょう！」

「フィニッシュムーブは驚異的だったけどな」

「『蝶《ちょう》のように舞い蜂のように刺すっ！』がモットーなので！」

「信条がそれはアグレッシブすぎるだろ」

舞ってないし。走ってるし。刺しちゃ駄目だろ。

姫島は顔をひょこっと出し、俺の膝元の資料を不思議そうに覗《のぞ》き込《こ》む。

「なんですかそれ。合コン対策？」

……見えなくもないな。ちょうど女子生徒のページだった。

「違《ちげ》えよ。だいたい高校生でここまで真剣に合コンに向き合ってるやつなんて、いるはずないだろ」

なんなら大学生や社会人にもいないぞ。当たって砕けろがスタンスなんだし。砕けちゃ駄目でした。

「じゃあ何だって言うんですか？」

「これは――ああそっか。お前に言っておくことがある」

「なんですか？　告白とか？　もうちょっとちゃんとした状況でして欲しいなー」

こういうテンションには無視が最適。今茶番に付き合ってる余裕はないし。

「このままだと、文芸部は廃部だ」

「へー……って廃部!?」

腕を俺の首から離した姫島の動揺っぷりに振り返る。

「随分といい反応だな」

「笑い事じゃないんですけど!?」

こうして立場が変わってみると、会長が驚く俺を見て微笑《ほほえ》んだ理由もわかる。

しかし俺の場合は自虐ネタ的な側面もあるため、会長ほど性格は歪《ゆが》んでいない。第三者の余裕を出してきやがって……。

「でも安心しろ。部員を一人でも追加すれば、何とかなるらしい」

随分大雑把《おおざつぱ》な説明だが、今のこいつは廃部か廃部じゃないかに焦点がいっている。わざわざ諸々《もろもろ》の事情を話す必要はないと判断した。

「はあ。それでこのリストってことですか」

「その通り」

「こんなもの、どこで手に入れたかは知らないですけど、先輩が持っていても宝の持ち腐れですよ〜」

「く……的を正確に射てるから何一つ反論できない……！」

だから勘のいいガキは嫌いだ。俺ですら今さっき気づいたっていうのに。それは単に気づくまで浮かれてただけ。

「ん？　待てよ？　お前確か……まあまあ交友関係広いって言ってたよな？」

思いがけない来訪者に目を向ける。

「最底辺の先輩にまあまあなんて言われるのは癪《しゃく》ですが、その通りです」

「言い方。もっと気遣え。……じゃあこの中に、話したことがあるやつはいないか？」

隣に腰掛けた姫島に、一年生のページを先に開いて覗かせる。会長や神崎ほどの人気者、というわけではないだろうからこれでいい。……ていうか自分で持てや。

「あー……名前は今知ったっていう人もいますが、ほとんどは話したことがあります」

「……そうか」

近い。超近い。顔が横にあるから、匂いを嫌でも感じてしまう。少しだけ顔を横にずらして続ける。

「じゃあ話は早いな。今からでもお前がスカウトしてこい」

「突然の上から目線とか何なんですか。急に先輩感出さないでくれます？」

「いや、俺先輩。ちゃんとしたお前の先輩だから」

お前だって敬語使ってんじゃねえか。憐《あわれ》みの、煽《あお》りの敬語だったの？

「すぐそうやって後輩を頼るとか、プライドはないんですかー？」

「頼りじゃなくて命令だ。先輩命令ってやつ」

「うわ、流行《はや》りのパワハラじゃないですかそれ」

「流行り言うな。ていうか、俺が無理なんだからお前がやるしか方法がないだろ」

それはこいつ自身でもわかっているはずだ。だが俺の訴えにため息をついた。

「……まあ、別にそれ自体に反対の感情はないですけど、この人たちは今の時間、家にいるか別の部活をしているかじゃないですか。今すぐの接触は難しいですよ」

確かに。あくまでも廃部というのは俺らの都合だ。彼らの生活が合わせてくれるとは限らない。まあ、期間は二か月あるから別に焦ることでは——。

「あ」

「なんだ？　何か思いついたのか？」

興奮気味に姫島に問いかける。突然の「あ」ほど期待値の高いものはない。あとある小学生の「あれれー？　おっかしいぞー？」。犯人にとっては絶望しかない。

「部員の補充……ってことは部員が三人。……一人増えるってことですよね？」

まさかの基本情報のおさらいである。幼児でもそれはわかっているだろうに。

落差がすごいな。さっきの間にお前の頭でクーデターでもあったの？　ＩＱ五十は下がってるぞ。

「あたりまえだ。たし算もできなくなったのか？」

「……じゃあ私はスカウトしません」

「わけがわからん。じゃあって何がじゃあなんだよ。俺には何の繋《つな》がりもないようにしか思えないんだけど」

今更低レベルなたし算の煽りにむかつくようなやつでもないだろうから、支離滅裂もいいところだ。

「……二人きりの部活じゃ、なくなるじゃないですか」

哀愁を漂わせながら、姫島はそう呟《つぶや》いた。その姿は心にくるものがある。

「……いや、活動内容は変わらないし」

「そんなの……関係ないです。何より……先輩と二人きりじゃないと……」

たどたどしく言葉を絞り出していく。潤んだ目は、俺の顔をしっかりと捉えていて。思わずドキリと心臓が跳ねた。

「――先輩のこと、簡単にはいじれなくなるじゃないですか！」

「そんなことだと思ったわ！　白々しく、それみたいな雰囲気出しやがって！」

俺も馬鹿じゃない。こいつの性質、性格はこの身で経験しているため、期待なんてするはずがないのだ。

「だいたいな、部員を追加しなければ文芸部は消える。どちらにせよ、お前は俺をいじることなんてできないんだよ」

「あ、大丈夫です。そうなったら開き直って先輩の教室に行くので」

こいつ……。そこまで俺をいじりたいか！　……毎回クラスにこんなやつがくるとか、冗談じゃない。

「よし。死ぬ気で部員の補充だ。土下座すれば何とかなるだろ」

「プライドなさすぎません？　ちょっとひくんですけど」

「安心しろ。お前の行動力にもひくものがある」

いじることだけを目的に、人の教室に行くなど俺では考えられない。頭どうなってんだよ。

「そもそもですよ。一時的に在籍してもらって、しばらくしたら幽霊になってもらえばそれでよくないですか？　先輩の言い草的に、部員一人の追加さえできればっていうのが伝わりましたし」

確かにそこらの説明は会長の口から聞いていない。制限はないのだろう。

――ただしそれは、暗に言う必要がなかったということを示している。

会長が部員の追加を要求してきたのは、簡単に言うと俺の、文芸部の意志とやらを見定めるため。姫島の意見を採用してしまえば、求められている真剣さが会長に伝わらないし、何より俺があれだけ批判した中身のないやつを、俺の目的のために都合よく利用するのは間違っている。

「それは……まあ最後の手段にとっておく」

姫島は生徒会室でのやり取りを知らないため、こうやってやんわりと断るしかできないのが何とも歯がゆい。

「ま、お前は何も協力しなくてもいい。俺が決めることじゃないからな。ただ俺はお前に教室に来て欲しくないから行動するだけだ」

「む……先輩のデレはいつ見れるんですか？」

「ニーズがないし、そもそも俺はツンデレじゃない」

「ニーズはここにあります！」

胸に手を当て自分のことを示した姫島。一人の意見で経済が動くはずがないだろう馬鹿め。アダム・スミス舐《な》めんな。

「――仕方ないので、私も力を貸してあげます。先輩だけじゃ、どうにもならないだろうし、先輩のことをいじるならホームである部室《あそこ》が一番ですから」

「自分がデレてんぞ」

「ニーズが隣にあったので。私は先輩と違ってちゃんと応えるんです」

「誰がお前のデレを欲しいと言った。誰が」

「顔が言ってましたよ。『こんな可愛《かわい》い後輩のデレが見れたら、幸せで死ぬー』って」

「自己顕示欲が漏れてる。それに勝手に印象操作すんな。最近の日本メディアか」

こいつと話すと喉が渇く。ここが中庭なのが幸いした。

姫島をベンチに置き去りにし、近くに配置された自販機へと足を運ぶ。

そして財布をポケットから取り出して飲み物を購入。二つの缶を手に持って、姫島のもとに戻った。

「――ほら」

ちょっとカッコつけて、一つの缶を姫島に放る。それに気づいた姫島は、慌てながらもなんとかキャッチして手の平に収めた。

「ブラックの無糖だ」

「数ある飲料の中でこれを選びます⁉」

失礼な。俺のデレとは違い、多くの需要があるから自販機に並んでるんだ。

……まあ、その需要が高校という場所にあるのかどうかは肯定しきれないけど。

「というのは冗談だ。お前はこっち」

姫島の手からコーヒーを奪い取り、その代わりにカフェオレを差し込んでやった。

「え、ああ……はい」

「せっかくデレてやったのに、その反応はないんじゃないか？『やったー！　幸せで死ねる！』とか言ってもいいんだぞ？」

「私の思ってたデレと違う⁉」

価値観は人それぞれってよく言われてるから仕方ない。

「でもありがとうございます。——ただ、私はミルクティーの方が好きなんですよね～」

「……あっそ」

価値観は人それぞれってよく言われてるから……仕方ない。我慢だ我慢。

「次からは期待してますね！」

「……誰が買うかよ」

この図々《ずうずう》しさは一種のアイデンティティなのかもしれない。迷惑な個性だな。


時刻は夜の九時半。

金曜ロードショーは好みの内容のものではなかったので、いつも通り部屋で読書をしていると枕元に置いていたスマホが鳴った。

「もしもし」

「……今日のお昼、一体どこで何をしてたのかな？　おかげで一人ランチだったんだけど！」

睡眠が近づいているというのに、神崎の交感神経はまだバリバリ働いているようだ。ちなみに俺も夜型なので眠気はない。

「かつての俺とお揃《そろ》いだな」

「全然嬉《うれ》しくないんだけど！」

「それはそれで傷つくな……。悪かった。生徒会室に呼ばれたんだよ」

「……ついに何かやらかしたの？」

「違うから。てかついにってなんだよ」

日頃から問題起こしてるみてえじゃねえか。まだ清廉潔白だわ。

「ただ廃部云々《うんぬん》の話をしてきただけだ」

「へー……って廃部!?」

「随分といい反応だな」

「笑い事じゃないんじゃない……?」

「……ごもっとも」

第三者が当事者の反応を楽しむ――理解できる。

当事者が当事者の反応を楽しむ――まあ、理解できる。

当事者が第三者の反応を楽しむ――理解できない。

これが当然である。神崎の指摘はもっともだ。

「でも突然だね。何か問題があったの?」

「あー……まあそんなところだ」

詳しい事情を話す必要性はないと判断した。別に卓球部の顧問の印象を慮《おもんぱか》ってとかではない。勘違いしないでよねっ!

「大丈夫なの?」

「ああ。紆余曲折《うよきよくせつ》があって、部員を一人でも加えられればどうにかなることになった」

「説明が曖昧にもほどがあるんだけど。ていうか何も大丈夫じゃないじゃん」

「どこが？　救済があるなら何も問題ないだろ」

「篠宮に部員の追加なんてできないでしょうが。達成できないなら救済なんて無意味にすぎないよ」

　さすがよくわかっている。しかし、今度の俺は一味違うのだ。……詳細に言うと俺はまったく関係ないのだが。

「姫島が部員候補に声はかけてくれることになったから、そこら辺の心配はいらない」

「…………………ふーん」

「何だよ、その反応は。別にいいだろ。部長の俺が動かなきゃいけないみたいな決まりはない」

　姫島に任せきりな俺の姿勢が気に入らないのだろうが、言うなれば適材適所である。楽をしたいとかサボりたいみたいな考えが先行した結果ではない。

「随分信頼が厚いんだね」

「お前ほどじゃないにしろ、あいつは人望があるからな。少なくとも俺よりは。だからその点は……一応感謝はしてる」

「ふーん」

「いや、だからこれは最善の選択なんだよ」

「どうでもいいけど、部員ってどんな人でもいいの？」

「え？　あー……そういうわけじゃない。説明が難しいが……やる気のあるやつみたいな感じだ」

「要するに数合わせとしては駄目ってことか」

廃部を撤回する際に俺たちの武器となるのは通例通りの学校の規則ではなく、会長自身だ。人数をただ増やしただけでは、棒切れ一つも装備していない村人と何ら変わらない。

「その通り。でもなんでそんなことを確認するんだよ？」

「もしかしたら進言しておかなきゃいけないかもと思ったから。答えを聞いて確信に変わったけど」

「どういうことだ？」

「篠宮より多くの人と交友のある姫島さんが声をかけて、すんなり入るような人たちは条件に当てはまってるような人材ではないってこと。だって——そもそも文芸部に入りたいって理由なら、誰に言われずとも自分から入るだろうからね」

「……姫島目当ての部員になるから、結局は変わらないってことか」

「そういうこと。さあ、これで問題は振り出しに戻りました」

どこか楽しそうに電話口で宣言した神崎。実際その通りで、唯一の武器であった姫島の交友関係の広さが今回においてはかえって仇《あだ》となってしまうことがわかった。こうして神崎に言われなかったら気づくことはなかっただろう。助かったような助かってないような……複雑な心境だ。

「姫島さんに押し付けようとするからだよ」

「悔しいが何も言い返せない。結局、知名度なんてない俺が勧誘するしかないのか」

適材適所が通じないのは初めて……ではないな。あの時と一緒だ。たとえ一人でできないことでも、自分の管轄外のことでも、やらなきゃいけない状況に置かれれば向き合うしかないのである。

「……最初に私を頼ればよかったのに」

「今なんつった？」

「何でもないよー だ！」

その言葉を最後に電話を切られる。しばらく機嫌を悪くさせたのかと思っていたのだが、トーク画面に表示された「おやすみ」を見てそれは杞憂《きゆう》に終わった。そしてここで既読無視をすれば確実に月曜日に現実世界で無視されるので、同じ言葉を返しておいた。

# 第七話❤俺だけが話題に置き去られる

懲りずにまた月曜日がやって来た。またいつもの一週間が始まる。

きっと駅前はパリッとしたスーツに身を包んだ会社員で溢《あふ》れているだろう。そして、その大半の人が表情死んでそうなのも予想出来てしまうから、休み明けはたちが悪い。これから俺もその中に混ざりに行くんだけどね。

そんな中、篠宮《しのみや》家も当然いつも通りの朝を過ごしていた。

「――お兄ちゃん、大丈夫？」

「……なんだよ、藪《やぶ》から棒《ぼう》に」

俺を心配しているのか、様子を窺《うかが》うような声が目の前の美玖《みく》の口から発せられた。放課後の買い物は制服のまま行くくせに、登校三十分前は部屋着でいるとか結構一緒にいるけど意味不明な点がまだ何個かある。これが兄妹《きょうだい》が一番近い他人と称される理由の一つなのかもしれない。

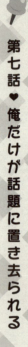

半熟加減が抜群なスクランブルエッグを頬張《ほおば》りながら、上目と共に反応する。

「顔色悪いけど、寝不足？」

「……いや」

「──クマできてるけど」

「…………！」

美玖の指摘に、思わず目元を左腕で隠そうとする。

「一日の寝不足で、さすがにクマなんて付かないよ。──でも、その慌てようじゃ夜あんまり眠れなかったのは本当っぽいね」

「……勘弁してくれ」

美玖は俺の反応にふふんと一つ笑うと、手元のカップに口をつける。

まさか美玖──実の妹から誘導尋問を受けるとは。数年前の俺に話したら「いつかやられるとは思ってた」と返されそう。……兆候はあったもんな。

「それで？　なんで寝不足なの？」

「勉強してたんだよ」

「へー。私の真似《まね》？」

「かもな」

視線を大皿に向けつつ、素っ気なく答えた。ここ最近、美玖は勉強に以前よりも真剣に取り組んでいる。受験生なのだから当然かもしれないが、その姿を見ていると自然と「俺もやらなきゃな」と感じてしまう。

まあ、今回は勉強によるものではなく、部員の勧誘について考えていたことによる寝不足なのだが。ちなみに俺が声をかける以外の方法などは思いついていない。夜更かし損だ。負の二乗でもこの場合はプラスにならない。結論、数学は滅びろ。

「そんなに神崎《かんざき》の授業はわかりやすいか?」

「うん。………なんで知ってんの?」

ブラックのコーヒーを口に含む俺を間抜けな顔で見つめる美玖。兄の威厳はもう少しの間は保っておきたいのである。

「夜にお前の部屋から、『琴音《ことね》さんすごい!』なんて声が数日聞こえれば、大体の予想はつく」

ラインのビデオ通話でも使っているのだろう。ハイテクー。

「……妹の部屋の音を盗み聞くなんてサイッテー」

ジト目と軽い罵倒が飛んでくる。保っておきたかった威厳が即座にマイナスされた。

「部屋、隣なんだから仕方ないだろ。ていうかお前が騒ぎ過ぎなんだよ」

これは講師の方にも言っておく必要があるな。それにしても何か隠しておきたい理由でもあったのだろうか。……聞いても答えてくれなそうだから、別に関係ないけど。兄離れも実際は寂しいものである。

いつも通り時間ギリギリに教室に着いた俺は自らの席に腰掛けた。そしてイヤホンを外して学校に来たことを実感する。耳を鳴らす雑音の数々。当初は苦手であったそれも今は店などで流れているＢＧＭ程度にしか感じない。ブラック企業でもこんな風に慣れてしまって激務が当たり前みたいになってしまうのだろう。もはや一種の洗脳。超怖いわ。

「……ねむ」

故にこんな騒がしくても、寝不足による睡眠欲は阻害されることなく俺を襲ってくる。

まぶたがゆっくりと閉じていく中で捉えたのは、いつもよりどこか気落ちした様子の神崎だった。

………………♥………………

時間はあっという間に昼休み。俺はいつも通り文芸部の部室——ではなく、職員室を訪れた。というのも四時間目の現国の教師にプリントを運ぶことを頼まれたからだ。まあ、運ぶと言っても片手で持てるくらいなのだが。

「これくらい自分で持って行ってもらえませんかね」

「か弱い私には無理な相談だな」

「あんたの握力は三か」

「まあ、今のは七割冗談だ」

「……三割本気なのかよ」

「ただ話がしたかっただけだよ。そう邪険に扱うな」

「そうですか」

その言葉を聞いて内心で安堵《あんど》のため息をつく。てっきり授業の半分を寝て過ごしたことがバレてしまったのかと思っていた。よかったー怒られずに済みそうで。

「それで、新クラスはどうだ?」

「早速話を聞く人選間違えてませんか?」

ボッチの俺に何を期待しているのか。この人は俺がどういうやつか知っているはずなんだけど。

「はは、そうかもな。去年と変わらず、表情筋が死に絶えているし」

「そうでもないですよ。ほら、笑顔だって作れます」

言われたままも癪《しゃく》なので、抵抗として真顔のまんま、両手の人指し指で頬の筋肉を上に上げた。

「その顔むかつくからやめろ」

「あんた仮にも教師だろうが」

生徒にかけていい言葉ではないと思う。俺も普通に傷つくんだけど？　せめて抑揚をつけて。

「まあ、お前らしくていいとは思うがな」

目の前の糸井《いとい》先生はその長い足を組んで不敵に笑った。大人の余裕を感じさせる所作だ。

これがストッキングやタイツ姿で行われれば破壊力が桁違いだっただろう。

そんな彼女が「香純《かすみ》ちゃん」なんていう可愛《かわい》らしい愛称で、一部の生徒から呼ばれているのは、すべてその童顔が原因である。それを気にしての男っぽい厳しめの口調なのだろう。いつかの時「威厳が……」とか嘆いていたが、どうせ満更でもないはずだ。

「……なんだその目は」

「教師も大変だな……と」

「そうだな。こんなやつの相手ばっかさせられる点で見れば大変かもしれん」

そんな相手をわざわざ自分の元に呼ぶとかツンデレにもほどがあるだろ。

「それに最近のやつは精密機械みたいに扱わないとならないしな」

「あー確かに」

体罰がすぐに問題となるこのご時世。教師も気を遣う職業になったということか。上の立場の者に訴えるもといチクることを覚えたやつが強いのは、小学校で学んだ。「先生に言うから！」は誰でも使える上級魔法。

「まあ、そんなことはこの際置いておくとして。――文芸部の件、波盾《なみだて》から聞いたぞ」

足を組み替えた先生は真剣な表情を浮かべ、声のトーンを落ち着かせた。これが本題っぽいな。

「……そういえば生徒会の担当でもありましたね」

「どこかの部活の内容が単純で、顧問がほぼ名義上のせいで押しつけられたんだがな。若いってつらい」

「確か来年くらいには三十路《みそじ》突――」

「ん？」

「……いえ。何でもないです」

　声こそ女性らしい甲高いものだったが、目が殺し屋のそれだった。笑顔なのが余計に怖い。体罰云々《うんぬん》の会話をしていたからか殴られはしなかったが、ここが体育館裏だったらその限りではなかっただろう。ここは早めに話を戻しておくのが賢明だ。

「どこまで聞いたんですか？」

「もちろんすべてだ。ああ、お前が卓球部をこっぴどく罵ったことも知っている」

「そんな意図はないんですけどね」

　今更あの会長が対立を煽《あお》ろうとしていることに対しては何も思わない。ラケットで殴られる日も近いな。

「いいじゃないか。私も卓球部には思うところがあったから、お前を特別責める気はない。

――正直あのクソ顧問にはうんざりしているし。絡みが多いんだよなー」

　闇っ！　教師間の闇が漏れてる！

「……一応言っときますけどここ、ホームでもあればアウェイでもありますからね？」

「近くには誰もいないからいいんだよ」

「いや俺。俺がいるから」

「お前はバラしたりしないだろ。犯罪はバレなきゃ犯罪じゃない。今回の件みたいにな」

「教師とは思えない発言ですね。……この話は？」

「私の立場が重なったことで、波盾が話してくれただけだ。お前が漏らしていない限りこの三人しか詳しい事情は知らない。だいたい、表沙汰にはできないと彼女も言っていただろう」

実績があることを盾に好き放題な主張をするなど、平等さを重んじる学校という場所では特に、許されることではない。これが社会の洗礼なんて言うなら馬鹿げている。

「波盾が乗り気じゃなかったのもあるが、しっかりと反論できるあたりお前は頼もしいな。ちゃんと自分を持っていて、流されない」

「そんなの俺じゃなくても、大勢いますよ」

素直な称賛に耐えられなくなり視線を逸《そ》らす。こういうのには慣れていない。

「陽キャ陰キャ、リア充非リアと随分区別にお誂《あつら》え向《む》きな言葉が出てきたものだ。今では多くの生徒にとって、それがすべてなのは学校生活を共にしていれば当人ではない私でもわかる。そんな意味ではお前みたいなやつは貴重な人材に違いない。まあ、その代償なのか協調性に些《いささ》か難ありだが」

「……褒めるなら最後まで褒めてください。『有終の美を飾る』も知らないんですか」

「現国教師を相手に威勢がいいな。それで、肝心の追加の部員はどんな感じだ？」

「全然だめです。まず俺が声をかけるって時点で詰んでます」

「はは、それもそうだな」

少しは否定しろよ。一応こっち側だろ、あんた。

「ただ、意外と近くにいるかもしれないぞ？　入部希望者」

「……何ですか、その意味深な言い方」

「さあな。まあ、とにかく波盾の提案に乗った以上は頑張れ」

先生はわざわざ椅子から立ち上がって、俺の肩を励ますようにポンポンと叩《たた》いてきた。

「頑張れって言葉が一番無責任って知ってます？」

「――それよりだ。篠宮」

再び席に着くと同時に先生の身に纏《まと》う雰囲気がガラリと変わる。まるでここからが本題とでも言うように。……嫌な予感がする。

「さっきの現国の時間、何してた？」

「い、いや、普通に授業受けてたんですけど」

「そうか。私にはぐっすり安眠しているように見えたが……どうやら気のせいだったらしいな」

「と、年をとるごとに勘違いって増えますからね」

「雑務が比較的よく回ってくるくらいには若手扱いだ、私は。……次はないぞ。今回は部活の件もあるから特例で許してやる」

「……はい」

ぎろりと睨《にら》まれた勢いでつい認めてしまった。バレてないって思ったのに……！

冗談すら効力を持たなかったことに少しの恐怖を覚えつつ、職員室を後にした俺は教室に戻り、弁当を手にすると早足でいつもの場所へと向かった。


「――あ、やっと来た！　二十分の遅刻だよ！」

「悪かったよ」

叱責を神崎から受けつつ、机を挟んだ彼女の向かいにパイプ椅子を運んだ。

「でもこの構図珍しいよね。私が篠宮を待つっていう」

「……言われてみれば。珍しいどころか初めてかもな」

都合が悪くなりそうなので、金曜の一人ランチのことは指摘しないでおこう。忘れているようでよかった。

「まあいつもはお前が遅いからな」

「篠宮と違って私は話し相手がいるからね。ていうかそれでも、ここまで遅くなったことはないんだけど」

「今までの全部合計したら、今日の俺より断然遅くなるだろ」

「まさかの集計制度⁉　そういえば香純ちゃん、何の用だったの？　どうせ話してたんでしょ？」

「ああ。部活のことだ。あの人、一応顧問だからな」

「……部員は見つかりそう？」

「これからだから正直何とも。──って食べないのか？」

ふと神崎の手元を見ると、弁当は机に出ているものの広げられてはいない。

「あー……うん。ちょっと食欲なくて」

苦笑して保冷バッグに弁当をしまった神崎。どちらかと言えば食いしん坊なこいつにしては珍しい出来事だ。

「神崎」

「ん、どうしたの──」

俯《うつむ》いた状態からこちらを向いた神崎のおでこに手を当てる。……やっぱりか。予想通りじわじわと手の平に熱が伝わってくる。

「と、突然どうしたの⁉」

「急に動くな。……お前、午前中からずっと具合悪いだろ」

神崎は俺の指摘にバツが悪そうに目を逸《そ》らした。

「……ずっと見てたの？」

「人気者がクラスのやつらと距離を置いてれば自然と気になる。明らかに様子おかしかったし」

「……この変態」

罵倒は苦し紛れのものにしか聞こえない。一周回って可愛《かわい》げがある。

「変態でも何でもいいから、とりあえず保健室行くぞ」

「一緒に行くの？」

「途中で倒れられたりしたら困るからな」

最初は距離を置いて、万が一の際に偶然を装って寄り添うくらいならば周りから疑われることもないだろう。

「じゃあおんぶして」

「見つかればアウトだぞ。無理に決まってる」

「……なら行かない」

「この状況でわがまま言うなよ」

軽くたしなめるも神崎は明後日《あさって》の方向に首を振り、椅子から立ち上がる様子がない。弱ると極端に子供っぽくなるのな。

「……わかった。おんぶする」

「じゃあ行こうか」

具合の悪さを感じさせない生き生きとした返事。現金さに対するツッコミを抑え代わりに提案を口にする。

「でも条件がある。できるのはあまり人がいない渡り廊下までだ。その途中でも人がいそうだったら即座に下ろす」

神崎は少し考え込む仕草を見せたあと一つため息をついた。

「仕方ないからそれでいいよ」

「決まりだな。……ほら」

屈《かが》んで背中を神崎に向ける。おんぶなど、小さい頃美玖にやって以来だ。もしかしたら筋力的に難しいかもしれない……なんて考えていたがそれは結局杞憂《きゆう》に終わった。

「重くない？」

「むしろ乗ってんのか疑うレベル」

「ならそのまま進めー」

「……はいよ」

指示に従い歩き始めた。所詮は馬。ご主人には逆らえないのである。柔らけえな体。

羽のように軽い神崎だったが、背中に伝わってくる普段よりも上がった体温がその存在を主張していた。少し儚《はかな》さも感じたが……気のせいだろう。


保健室へ着いた神崎は養護の先生の指示で熱を測ったり、冷えピタを貼ってもらったりして今はベッドに横になっていた。

俺はその枕元にパイプ椅子を置きそこに腰を下ろしている。

「奇《く》しくも体育で俺が倒れた時と逆の状況だな」

「そうだね。なんか私の方が重症っぽい感じ出ちゃってるけど」

おでこの冷えピタを指して神崎が苦笑いする。少し落ち着いたみたいだ。幼さは鳴りを潜めている。

「発熱の場合は処置がそれくらいしかないから仕方ないだろ」

「微熱だけどね」

「それで早退を勝ち取ったんだから、羨ましい限りだ」

「早退って勝ち取るものなの!?」

早く帰る権利。そりゃあ誰でも欲しいに決まっている。

「そういえば先生はどうしたの？」

「お前の家に連絡を入れてくるって言って職員室に向かった。だから今は俺が代理みたいなものだな」

「え、頼りな」

「おい、今素だろ」

思ったことがそのまま出た時のスピードだったんだけど。マスクも付けてやろうか。

「でも先生には悪いことしちゃったな。うちの両親共働きだから電話かけても誰も出ないのに」

「じゃあ早退どうするんだよ？　一人で帰れるのか？」

「放課後まで残って悪化しちゃったらそれこそ帰れなくなっちゃうからね。早退でそこまで症状が酷《ひど》くない時に帰っておいた方がいいんだよ」

ここで俺が送るから心配ない、なんて言うのが彼氏の役目なのだろう。関係を隠すことを選んでいるためにその選択を取ることができないのが何とも歯がゆい。

「申し訳ないとか、そんな感じのこと思ってる？」

「え？」

「ふふ、そんな顔してたから。別に負い目を感じることはないよ。そもそも篠宮が異変に気づいてここに連れてきてくれなかったら、放課後までやり過ごすことにしてたもん。早退っていう選択肢を与えてくれたのは篠宮なんだから、もっと堂々としてて」

柔和な笑みと共に送られた励ましの言葉。それだけで抱えていた不安感が消えていくあたり、俺も相当単純である。

「……とか言ってちょっとかっこつけてみたんだけど、一つだけお願いしていいかな？」

「……色々と台無しだな。仕方ないから聞いてやる」

「頭を……撫《な》でてくれない？」

神崎は布団を口元まで上げて顔の半分を隠してそう頼んできた。展開的にも内容的にも恥ずかしさが襲ってきた故の行動だろう。……少し微笑《ほほえ》ましい。

「いいぞ。病人には優しくしろって子供の頃に教わってる」

手入れのされた綺麗《きれい》な髪に手を伸ばす。触るのは初めてではあるが……神崎が言っていたことの意味がわかる気がする。気を抜けばこの感触にのめり込んでしまいそうだ。……煩悩退散南無阿弥陀仏《なむあみだぶつ》。初めて日本史が役に立った気がする。

「——篠宮はさ、私が困ってたら助けてくれる？」

「突然どうした？」

頭を撫でる手を止めると、神崎がいつになく真剣な雰囲気で俺を見つめていることに気づいた。それほどこの質問に、そしてそれに対する答えに特別な思いがあるのだろう。

「当たり前だ。なんてったって彼氏、だからな」

そう答えて頭を撫でるのを再開させる。

「……そっか。似合わないね。そんなキザなセリフ」

「知ってる」

彼氏らしいことができないのだ。これくらいは言わせて欲しい。


…………………………❤…………………………


放課後の文芸部室。いつも通り読書をしながらも、今日は嵐が来るのを待っていた。

「――ハロー！　先輩！」

予想の斜め上を行くあいさつ。急にグローバル路線に変更すんな。

「よく来たな、姫島《ひめじま》」

「……先輩が歓迎するとか怖っ」

「……一昨日《おととい》来やがれ、この馬鹿」

「極端!? ていうかいつも通りがいいんですけど！」

希望のいつも通りはかえってわからないので、無視して話を進めることにした。

「金曜日に方針決めただろ？ 部員の追加に向けて」

「はい。私がスカウトをしてあげるってことで固まりましたね。もう、感謝してください
よ？ 明日くらいから始めます？」

「あれ、なしな」

「うそー！ ちょ、なんでですか!?」

「お前自身が入部の目的になるのを避けるためだ。よかったな、面倒事がなくなったぞ」

「そ、そんな……これじゃあ貸し借りを口実にできない……」

何やらぶつぶつ言っているが、とりあえず伝えられてよかった。これが嵐の到来を待ち
望んだ理由である。もう二度とないだろうが。

「だいたい、それじゃあどうするんですか？ 先輩の声かけなんて四捨五入でゼロ同然の
効力じゃないですか」

自覚があるのでいちいちつっこむのは時間の無駄だ。ほんと失礼なやっちゃな。

「あー……貼り紙でも作るか？ 部員募集みたいな」

「いや、古い。古いですよ先輩。頭オリエント文明ですか？」

「覚えたことを早速使うな。この時期の世界史はそこら辺だって憶《おぼ》えてんだよこっちは」

ギリシャ神話をかじっていただけあってその頃の授業は特に楽しかった。神話とかゼウスだとかに男の子は弱い（俺調べ）。

「はいはい。とにかく、今は紙よりネットですよ！　あ、本は紙ですけど！」

「電子書籍は俺もなんか抵抗があるんだよな……」

ページをめくる感覚が欲しいし、何より作品の存在が本棚で常に確認できる紙よりも薄まる気がしてならないのだ。……なんか英作文の類題みたいな話になってきてない？

「ですよね！　やっぱ先輩とは感性が似てます！」

「はいはい。んで、ネットでやるとすると具体的にどうするんだ？」

「学校の掲示板に載せてみるとかですかね。利用者結構多いですし、暇人ほどそこを覗《のぞ》くんじゃないです？」

「掲示板？　何それ、俺知らないんだけど」

「さすがはみ出し者の先輩ですね」

「ほっとけ」

姫島はスマホを取り出して何やら打ち込んだ挙句、画面を俺に見せてきた。やっぱお前も入力速いのか。それともただ単に俺の指がオリエントなのか。

「これが掲示板です。あ、そういえば神崎先輩は大丈夫なんです？」

「え、何。有名人って早退の噂《うわさ》まで学年の壁を越えるの？」

「違いますよ。これです、これ。今学校中で噂になってるやつです」

何か操作を付け足して再び俺に画面を見せてきた。

そこには——神崎が実は整形をしていたという旨のスレが表示されている。盛り上がりはまあまあ。

「いやー、整形ってあり得ると思います？　こんな高校生のうちから」

「……悪い。急用を思い出したから帰るな」

荷物をまとめていく。今日の神崎の様子がおかしかった理由は、体調不良によるものではなかったのかもしれない。なんなら体調不良さえも別の根本的な理由により起きてしまった可能性もある。現時点ではすべて予想にすぎないが……帰って本人に確認すれば真実が明らかになるのだ。

「……ありがとな。お前が教えてくれなかったら気づかなかった」

「い、いえ。どういう意味です？」

「こっちの話だ。——じゃあな」

姫島に背を向け、自宅に向けて走り出した。姫島が「結局これからどうするんですかー！」と嘆きに近い声を上げていたが、そんなことに構っている時間がもったいなかったので無視を決め込んだ。

…………………♥…………………

自室でスマホを耳に当て、呼び出し音が途切れるのを待つ。

「……もしもし」

「そっちから電話とか珍しいね。どうしたの？　あ、もしかして彼女が心配になっちゃった？　もう、過保護なんだから～」

今の俺は茶番に付き合う余裕を持ち合わせていない。それが空元気ならなおさら。だからいきなり本題に持っていく。

「整形。してるんだってな」

「……！」

電話越しに息づかいが僅かに乱れたことがわかった。

「……篠宮もあれ、信じるの？」

「そんなわけないだろ。あくまでもネット掲示板上ではってことだ」

「……聞き方が最低。誰だって勘違いするよ」

「そもそも俺がネットの、それも学校掲示板みたいな狭いコミュニティの情報を鵜呑《うの》みにするわけないだろ」

「まあ、それは確かにそうだけど……どういう意図で、その件に関して私にこうして連絡を取ってきたの？」

「今日調子が優れなかったのも、いつもとは違って教室内で一人でいたのも全部それが原因なんだろ？」

「……本当、こういう時だけ鋭いよね。今日はいつもより眠そうだったくせに」

不満げにため息をこぼした神崎。この反応、肯定と捉えていいだろう。あと、お互い様だ。こういう時くらい、自分の心配してろ。

「今日の朝、わけあって早めに登校したの。そこでいつも通り、登校してきてるクラスのみんなに挨拶をしたんだけど無視されちゃって。少しあとに凛《りん》から掲示板の情報をもらってその時に大体のことがわかった。多くの人が掲示板の内容を信じてること。そしてそれによって私が築いてきた信頼関係が粉々になったことも」

「それは勘違いいなんじゃないのか？　そう簡単に、人気者のお前を疑うやつはいないだろ」

「人気者だからこそ、だよ。誰とも平等に接してきたけど、それは言い換えれば広くて浅い関係。情報が一概には否定できないものである以上、疑いなんて簡単に生まれる」

種こそあれど、根を張って花が咲くまではいかなかった。誰にとっても身近で確実な存在にはなれなかったということか。高嶺《たかね》の華なんていうのは存在こそ知られても、実際に手に取ろうとする人は数少ないのかもしれない。

「まあ、環境が一転したことによるストレスで熱が出たのは予想してなかったけどね。それが篠宮に見破られることも。結構うまく隠せてた自信あったんだけどな〜」

「伊達《だて》に一緒にいるわけじゃないからな。少しの変化くらいにも気づける」

「それで、結局篠宮の用件は何かな？」

「聞きたいことがあってな。どうするんだ、これから」

「何とかするしかないでしょ。疑いを晴らして、何にも苛《さいな》まれることのない元の生活に戻りたいもん」

この状況。誰であれそう思うに違いない。だから俺のすることは一つだけだ。

「なら決まりだ。俺も――」

「あ、篠宮は手伝わなくていいから」

言い終わる前に否定の言葉が飛んできた。

「いや、ここで気を遣う必要はないと思うぞ？」

「そうじゃなくて、今回の件とは何も関係ないじゃん。篠宮くんは」

その言葉が頭に響く。呼び方が戻っただけだというのに、そこに変な意味を見出《みいだ》してしまうのは突き放すような口調がそうさせたのだろうか。

「……何だよそれ」

「そのままの意味だよ。孤高を貫いてる君に、この問題を解決しようと動く理由はない」

あくまでも自分の問題だと、トップカースト故の事件だから首を突っ込むなと、こいつは主張したいらしい。

「それじゃあ私は作戦を練らなきゃいけないから、これで切るね。……美玖ちゃんには謝っておいて」

「おい待て——」

プツリと無慈悲で理不尽な音が耳朶《じだ》に響く。かけなおすことなど無駄だとわかっていて、ゆっくりとスマホから耳を離した。

「関係ないって……お前もそうだっただろ」

文化祭準備のあの日。まさに対極の立場にある俺に接触し、勝手に頼らせてきたのは、寄り添ってきたのは神崎の方だ。

それなのにあいつは……逆の立場になった時にそれを、俺の助けを拒絶するらしい。特別な関係性をも引き裂いて。

「──お兄ちゃん」

部屋のドアがノックもなしに開けられ、美玖が入ってきた。

「……聞いてたのか？」

「声大きかったからね。人のこと責められないじゃん」

そのまま美玖はベッドに腰掛けた。随分と久しぶりな光景だが、それに感慨を持てるほど俺は能天気なやつじゃなかった。

「何かあったの？　琴音さんと」

普段はあんな感じのくせにこういう時だけは鋭いのだ、この妹は。この場合、隠しても無駄であることは兄である俺が一番よくわかっている。

「なくはない」

「何それ」

笑みだけを浮かべて美玖は視線を俺から外す。その様は世話の焼ける弟に呆《あき》れながらも寄り添う姉のようだ。だからそう簡単に兄妹《きょうだい》図、逆転させせんな。

「喧嘩《けんか》でもしたの？」

「……当たらずとも遠からずだな」

「なら仲直りしなきゃ。ずっとお兄ちゃんを見てきた美玖だからわかるけど、あそこまで真摯に向き合ってくれる人はそういないよ」

「ひでぇ言われようだ。……完全に拒絶されてんだぞ。簡単に言うなよ」

自分でも驚くほどに冷静だが、それ故に美玖の言うことが不可能なのもわかる。神崎はああ見えて結構意志が強いタイプだ。あっちから距離を置かれてしまえばなす術《すべ》がない。

「はあ……じゃあ今お兄ちゃんは何がしたいの？」

「俺？」

「そう。琴音さんのクラスメイトでも彼氏でもない、一個人としてのお兄ちゃんが何をしたいのか。……行動に移さない理由より大事なことだと思うよ」

「……行動に移さない理由、か」

言い得て妙だ。しかし客観的に見れば今の俺は理由を盾に都合よく逃げているように見えるのかもしれない。

電話をした根本の理由は神崎を助けたい、という気持ちだった。そしてそれは、あの日助けられたことへのお返しだとか彼氏としての義務だとか、そういう事務的で使命的なものから生じたのでは決してなくて。神崎から何を言われても、どんなに拒絶されても変わることのないもっと単純なものだった。

「俺はあいつの力になりたい。……好きだから」

告白も向こうからだったからか、なんだかんだ口にしたことのない言葉。それを表に出すとともに頭の中のモヤが薄れ始める。

「うん。出てるじゃん、答え。迷うまでもないじゃん」

「……そうだったな」

立場を引き合いに出され関係ないなんて言われても、それこそ俺には関係なかったのだ。

「じゃあここで美玖からも一つ頼みが」

「この状況で？」

「この状況だからこそだよ。——ちゃんと助けるだけじゃなくて、仲直りもして。琴音さんに美玖の専属教師を辞めさせないで」

真剣な眼差《まなざ》しに吸い込まれそうになる。まったく、さっきまでとは打って変わってわがままな妹だな。

「……可愛《かわい》い妹の頼みなら仕方ない」

「何言ってんの。借りは返してもらわないといけないから、当然だよ。じゃあ、夕飯が出来たら呼ぶから」

「おう。……色々サンキュ」

退室したあとの扉に一言声をかけた。理由を気づかせて、そして与えてもらった。ここまでされて動かないのは嘘《うそ》だろう。

# 幕間♥理解だけが彼女を蝕む

私──神崎琴音《かんざきことね》は昔からいわゆる人気者で、何も言わなくても、何もせずとも、私の周りには人が集まってきた。みんなでいるというのが当たり前だった。

だから自然と興味を持ったのだ。

いつ見ても一人でいる、まるで異世界の住人のような彼に。

「一人で……いる理由？」

「そう。何なのかな～と思って」

初めて二人きりになった、去年の文化祭準備期間初日。装飾を作りながらその彼──篠《しの》宮《みや》に好奇心に従って尋ねてみた。

「別に。ただ周りに馴染《なじ》めないだけだ」

「じゃあその理由は？」

「……は？　理由？」

「だって周りに馴染もうと思えば、自分を捨てるなりしてできるでしょ？　そうしない、その行為に価値を見出せないってことはその理由ももちろんあるよね？」

少し驚いたような顔をした後、篠宮は鬱陶しそうな顔をしつつ自らの手元に目を向けた。

「……神崎には関係ないことだろ」

おわかりの通り、ここで素直に応じるわけがないのが篠宮である。どうでもいいことはぽんぽん話してくれるっていうのにね。

しかし伊達にこっそりと観察していたわけではないのだ、過去の私は。一応こうして断られることは念頭に入れていたのである。当然、その際のプランも。……結構好奇心旺盛だな、私。そんなに篠宮が、一人でいるってことに興味があったんだ。

「確かに。それはそうと、私が来るまでに一人で頑張ってたことは係の人に伝えた方がいいよね？」

「それはやめてくれ。変にかっこつけだとか勘違いされたくない。……代わりに話す。お望みどおりに」

私を軽く睨《にら》んだ後、私より格段に遅いペースで紙の花を開きながら、篠宮は口を開いた。

「友達に定義なんてないだろ？」

「うんまあ。……それって友達がいない人の言い訳だよね？」

どこからどこを友達と呼ぶのか不明確みたいな、そんな感じだったと頭で思い浮かべた記憶がある。

「そう、かもな。でもだからこそ、簡単に裏切ることも都合の悪い時にそもそも友達じゃなかったと主張することも、許容される関係だ。……そんな薄っぺらい関係ならいらないって、そう思った」

「だから一人で……？」

「ああ。……神崎からしたらくだらなくて、イタそうなことだっただろ？」

「聞いておいてそんなことは思わないよ」

私とは対照的な人がどんなことを考えて、その道を選んだのか。それが少し知れただけでも収穫だった。実感こそあまりなかったけど。

「せっかくだし、こっちからも一つ聞いていいか？」

「え……いいよ。礼儀だもんね」

予想外の篠宮からの質問。少し変わってるといっても男子なのは変わらない。どうせ他の人と同じように好きなタイプでも聞かれるのだと思い込み、当たり障りのない答えを考え始めつつ作業を再開したのだが。

「——疲れないもんなのか？　そうやって、みんなの理想を演じるの」

と何食わぬ顔で聞いてきた篠宮に、思わず呆気《あっけ》に取られてしまった。

私は人気者として生活しているうちに、この自分が皆の望む理想の姿なのだと勘づきその枠から外れないように振舞ってきた。周りの理想であり続けていたのだ。

小さい頃から一緒だった親友の凛《りん》を抜きにして、それを見破った人は初めてだったけど。

「……正直疲れるって言ったらどうする？」

「まあ、驚きはしないな」

「へえ。馬鹿なことしてるなとか、思わないんだ」

「疲れてもなお続けてるようなやつに、何を言っても無駄だろ」

「……やっぱ思うんだ」

「にしてもその言い方、自覚があるみたいだな」

「……どう、だろうね」

いつの間にか自分の在り方に不安を抱き始めてはいた。中学最後の大会であっけなく負けても何も思わなかったり、凛に誘われるがままサッカー部のマネージャーになったりと、みんなの理想として過ごしていた学校にやりたいことがなくなっていたから。自分が本当にここにいるのかわからなくなりかけていたから。それでも。

「別にそうは思わない。ただ、純粋に凄《すご》いなとは思うけどな」

「え……？」

「すべての人にとっての理想でいるなんて、そう簡単にできるわけがない。俺には絶対できないことだ」

彼はそんな私を肯定してくれた。認めてくれた。人気者のレッテルを貼った状態でも、弱音をつい零《こぼ》してしまっても変わらず「神崎琴音」として接してくれたのだ。


それから彼はいつの間にか、私にとってオアシスのような存在となっていた。自分でさえも見失っていた本来の自分をさらけ出して、思う存分に甘えていい……そんな場所になっていた。……数分前までは。

「それを自ら手放したんだよね……」

自室のベッドにうつぶせになり、枕をぎゅっと抱きしめる。でもこれでいいのだ。

今回の事件で気づかされた。篠宮があの時語ってくれた、一人でいる理由。その中の薄っぺらい関係に自分も含まれていたことに。彼が嫌悪するもののいざこざに彼自身を巻き込むわけにはいかないだろう。

「……しばらく学校休もうかな」

作戦を練る気力などはなく、仰向《あおむ》けに寝っ転がって目を閉じた。少しだけ期待の念が心にあるのがどうしても気に入らなくて、そんな自分がどうしようもなくてしばらく寝られなかったけど。

# 第八話❤俺だけが別の俺を知っている

次の日。生徒の話題の渦中にある神崎《かんざき》は学校を欠席した。電話では何ともないように振舞っていたが、やはり心にはきているらしい。何が作戦を練るだよ。熱にも打ち勝ててないくせに。

俺の方は昨夜のうちに、何をすればいいか思いついたので今日中にでも行動に移すことができるのだが、その前にある生徒と話をしておきたかった。

糸井《いとい》先生に申請をして鍵をもらうことに成功した俺は、季節外れな冷たい風が吹き付ける屋上でそいつを待っていた。セーターを教室に置いてきたため、身を包むのはワイシャツのみ。正直超寒い。

ポケットの中に手を突っ込み、都会とも田舎とも言えない中途半端な景色を眺めることにも飽きたので屋上の入り口を見つめていると、ついにその人物がここに姿を現した。

「――話って何よ？」

目立つ金髪を二つに括《くく》った目立つツインテール。まさにインパクトの化身、舞浜凛《まいはまりん》である。

高圧的な態度に文句の一つでも言ってやろうと思ったが、こいつがこういう性質《たち》であることは神崎から既に聞いている。ここは呑《の》み込《こ》むのがわざわざ呼び出したやつの筋だろう。

まあ、こんな大仰なことをしておいて聞きたいことは単純明快一つだけなのだが。

「今のままでいいのか？」

「どういう意味よ？」

「仲いいやつ、大変な状況だろ」

親友なんて言葉を使わずとも、一個人を特定できる。第一俺は神崎とこいつの関係を知らないことになっているので、あくまでも第三者的な言葉を使うしかないだけなんだが。

「その言い草……あんたはあの噂《うわさ》、信じてないの？」

「ネットの情報は基本信じない主義なんだよ」

「……そっか」

面識がほとんどない俺が目の前にいるにもかかわらず、嬉《うれ》しそうに頰《ほお》を緩ませた舞浜。ようやく仲間を、共感者を見つけたことに対する安堵《あんど》といったところだろうか。俺からしたらどうでもいい観点だが。

「最初に戻るが、今のままでいいのか？」

「それは……あたしだって立場があるのよ。今琴音《ことね》の肩を持つようなことをしたら、あたしもきっとクラスから浮く」

「そうか。……まあ、当然だよな」

自分の立場を気にするなんて、現代では珍しいことではない。そうでなければとっくにいじめにおける傍観者は消え、いじめ自体も鳴りを潜めているのだから。

それでもどこか期待していたのだろう。親友というやつに。

俺はボッチだから、親友と友達の違いを知っているわけがなく、度々神崎との会話でそのワードが出てきてもあまりピンと来なかった。しかし字面では親しい友。友達の上位互換であり、今神崎を虐げているこれまで人気者の「友達」を名乗っていた者たちとは一線を画すのだろうと思っていたのだが。……どうやら結局、ゼロには何をかけてもゼロらしい。

「悪かったな、急に呼び出して」

「え、今ので終わり？」

「ああ。……やることは決まった」

「あんた……もしかしてこの状況を変える気なの？」

「前まで人気者としてもてはやしておいての手の平返し。客観的に見てもどうかと思っただけだ」

「理由はともかく、そんなことできるわけないわよ。琴音本人が否定しても無駄だったんだから、あんたみたいなやつが必死に噂を否定しても無駄」

「誰も噂を否定するとは言ってないだろ。それだけが解決方法だと思ったら、大間違いだ」

「……他にあるっていうの？」

「ある。要は神崎の生活が元に戻ればいいんだよ。噂を嘘《うそ》だと認識させ、神崎を被害者にすればもう責められることはない」

「だからその噂を嘘だって認識させるっていうので――」

「犯人がいればどうだ？　嘘の噂を流したとする犯人が現れれば、どうなる？」

この問題の肝は、神崎の噂を本当だと思っているやつらがいるということだ。裏を返せば、嘘であることを誰にでも証明できれば、霧散するということ。犯人が出てくれれば神崎に向いているヘイトはそいつに向けられ、結果神崎は被害者として皆の輪の中に再び迎えられる。

人は共通の敵を欲しがる生き物だ。かの魔女狩りだってそれが原因で起きたと言っても過言ではない。

「犯人、見つけられるの？」

「まあ、無理だろ」

ネットというのは匿名だからこそ、多くの人に使われる。それが俺みたいな、そっちの技術を持たない一般人にでも侵されれば、今のような発展はしていないだろう。ハッカーでも友達にいれば何とかなったのかもしれないが、俺にその当てはない。

「じゃあ結局無理じゃない」

「見つけることは出来なくとも、作ることはできる。でっち上げれば、それでいい」

たとえ偽りであろうと、それがバレなければそれを知らないやつにとってはネットで誹《ひ》謗《ぼう》中傷をした最低野郎になる。誰が、なんて問題ではないのだ。ただその存在があるかないか。それだけが重要である。

「……あんたまさか」

何かを察したように舞浜がキッと睨《にら》んできた。

「俺は今更気にするような立場じゃないからな。これで存在をやっと認識してもらえるし」

一人でやれることの中で、これが一番確実性があった。それだけだ。

「そういうことだから、お前は神崎を温かく迎えてやれ」

そう言って舞浜とすれ違った。というか我ながら妙に口が回ったもんだ。ここまで詳しく説明をする必要はなかっただろうに。

止めて欲しかったのか、わかって欲しかったのか。……いや、最後まで意地汚く期待してたんだろう。神崎が舞浜との、親友との思い出話をする時は決まって笑顔だった。その笑顔がなかったものになってしまう気がして、どうにも解せなかったのだ。

「——待ちなさいよ」

ぐいっと右の袖が引っ張られ、足を止める。振り返ると何か言いたげな顔があった。

「あんた馬鹿じゃないの。琴音の生活が元に戻れば〜なんて言ってるけど、あんたの方法じゃ無理よ。だって、あの子が罪悪感を持つじゃない」

「……そんなの、俺が動いたことを知らなければ、どうやって今の問題が解決されたのかを知らなければ、その限りじゃないだろ」

「あたしが言うわよ。ここであんたが話したこと、全部そのまま琴音に伝える」

「何のつもりだよ」

「別に。ただ気に食わないだけよ。自分を犠牲に一人で解決しようとするのが。だから、私に協力しなさい。今話したことを避けたければね」

上からの物言い。これには腹を立てていいと思うが、その気は起きなかった。今のがもしかしたら、俺が待っていた言葉なのかもしれない。

「立場を気にしてるんじゃないのか？」

「あんた、どうせ陰でこそこそ暗躍するような考えも持ってるんでしょ？　あんな作戦を平気で思いつくやつだし」

「言い方が悪いな」

「ほら、持ってる。それなら立場を気にする必要なんてないわ」

　昨夜考えた方法は大まかに分けて二種類あった。一つはこいつに実際説明したように俺が一人で動くもの。これは以前の、神崎と接触する前の俺でも思いついただろう。

　そしてもう一つは舞浜の予想通り、陰で動く方法だ。しかしこれには情報がいる。俺の情報網では補えないほどの情報が。そのためこいつのような、情報網が優れかつ神崎の味方であるカースト上位の協力者が必要だった。最初こそ、神崎を助ける意志が見られなかったので切り捨てた方法だが、こうなれば話は別だ。人を頼ること自体は、神崎に教えてもらったので簡単に思いつくことができた。以前の俺では、叶《かな》わなかっただろうが。

「なら早速、その詳細を話すぞ」

「え、ここで？」

　何を言ってるのみたいな顔をしているが、そっちこそ何を言ってるんだ。

「わざわざ移動するのめんどくさいだろ。それに、ここなら他のやつにバレる心配はない」

「それだけが目的なのにここ？　呆《あき》れた……レパートリー少なすぎでしょ」

がっかりしたように項垂《うなだ》れる舞浜。……さすがにもう怒ってもいいよね？

「移動するわよ。それらの条件を満たしつつ、ここよりあったかい場所にね」

舞浜はそれだけ言うとスタスタと俺の横を通り過ぎて屋上を後にした。あったかいって
……俺の方がここに長くいるんだけど。おかげで冷えピタになった気分。

ここに残っても話し相手がいなければ仕様がないので、渋々あいつの後を追うことにした。


入店と同時にベルが鳴り、制服に身を包んだ店員さんが近づいてきた。店内は暖かく、
自然とため息がこぼれる。

「何名様ですか？」

「二人です。あとドリンクバーを二つ、お願いします」

「かしこまりました。こちらへどうぞ」

空いてる席へと案内され、「ドリンクバーはあちらをご利用ください」との言葉を残し

店員は引き上げた。四人掛けの席にそれぞれ向かい合うように座る。

「にしてもサイゼね……」

「普通、会議って言ったらここじゃない？　学生の味方だし」

「あー勉強会とか、お疲れ様会とかそんな感じか」

「へー、あんたにもそういうのの経験はあるんだ」

「妹がしょっちゅう行ってたからな。あ、女子会もか」

「あんたの経験じゃないのね……。ていうか何か不満があるの？」

「いや、サイゼ自体にはない。ただ浦和で降ろされたのがな。また駅に戻るのが億劫《おっくう》なだけだ」

「定期内なんだから別にいいでしょうが。文句言うな」

家の最寄り駅を利用したやつに言われてもな。説得力がないというか、余計ずるいと思ってしまうというか。ブレザーを椅子に掛けた舞浜はそのまま立ち上がった。

「じゃあ飲み物取ってくるわ。何が希望？」

「いや俺が行く。舞浜は荷物見ててくれ」

「……へえ。意外と紳士なんだ」

「意外ってなんだよ。別にそういうつもりじゃない」

「ま、あたしにはオリジナルブレンドがあるから、あたしが行った方がそれを伝える無駄が省けるんだよね」

「……オリジナルブレンド？」

「知らないの？　高校生なのに？」

「あんまりファミレス来ないんだよ……」

俺も美玖《みく》も小さい頃は両親も比較的家にいたため、何度か訪れたことはあるのだが、それ以降は美玖の料理の腕が上がっていったため行く機会が自然と消失したのだ。

あと高校生って言葉にそんな普遍性はない。

「数種類の飲み物を混ぜ合わせて、一つのドリンクを作るのよ」

「想像しただけでカオス……」

「それがあたしは発見したのよ。最高の、ベストマッチな組み合わせを」

「へー」

「……何その生返事。気になるって言うなら、入れてきてあげてもいいけど？」

「別にいい。それより早く帰りたいから、行くなら急いでくれ。ちなみにアイスのコーヒーで」

「……わかったわよ」

ドリンクバーの機械に向かった舞浜。その髪型はここでも目立つものらしい。店内にいる客からも物珍しそうな目で見られている。さすがに慣れているのか、本人にそれを気にしている様子はなかった。

舞浜が席に戻って来た。その手にはアイスコーヒーと……おいおい、なんだその怪しさ満点の黒いの。ワーストマッチにしか見えないんだけど。

「はいこれ。注文通りアイスコーヒー」

「サンキュ。それでまず方針だが」

「いきなり過ぎない？　まず喉を潤すでしょ、普通」

「それは俺の事情だろうが」

「持ってきたのはあたし。飲め」

「なんなんだよ……」

自ら進んで役を買って出たというのに、なんともまあ恩着せがましいやつである。しかし俺は大人だ。不満を抑え込み命令通りに動いてやることにした。

「――ごほっ！」

「あれ、あまり美味《おい》しくなかった〜？」

「お前何入れやがった……！」

口の中で甘みと苦みが戦争をしている。にやにやとして俺の反応を楽しんでいるこいつが犯人に間違いない。

「香りづけにメロンソーダ」

「お前馬鹿なのか？　どんな発想でメロンソーダをコーヒーに入れるなんていう暴挙に出られるんだよ……！」

あと飲み物で遊ぶな。お母さんに教わらなかったの？

「どこ行くのよ？」

「……水入れてくんだよ」

やはり人は信じられない。自分の味方は自分だけだ。ドリンクバーコーナーを目指し歩き出そうとするも、再び、今度は裾を摑《つか》まれた。

「せっかくだし、飲んでみる？」

舞浜が例のダークマターを勧めてきたのでまずそれを睨《にら》む。おぞましい……何かの実験で出た副産物みたいなんだけど。続いて勧めてきた張本人を睨んだ。

「これが目的か？」

「まあね。馬鹿にされた感じでむかついたし」

「もっと理性的に動けよ」

てか俺の忍耐力すげえな。我ながら称賛に値するぞ。

「まあでも美味しいから。一回飲んでみなさいよ。それにほら、ドリンクバーコーナー混んでて時間の無駄でしょ」

視線を送るとおばちゃんたちが談笑している。たまにいるよね、近所の家の前で立ち話してる人たち。今回に限ってはお願いだから自分の席でやってよ！

「確かにそうだが、お前がコーヒーをそのまま何もせずに入れてきてたら、こんなことにはなってない」

「じゃあそのお詫《わ》びで」

「……物は言いようだな」

どうしてもそれを俺に飲ませたいのか、こいつは。その執念深さ、他のところに使って欲しいんだけど。間違ってもここで発揮するものではない。

「はい、ストロー」

有無を言わせない様子で、包装されたまま——つまり新しいストローが手渡された。

このまま飲まないことを貫くことはできるが、その場合本来の目的が達成できない。無言の圧力を感じながら差し出されたダークマターにストローを差し込んだ。そして意を決してすする。

「どう？」

「……驚いたな」

「でしょ！」

「飲み物にはなってる」

「……は？　もういいわよ！」

舞浜は拗《す》ねたように例の黒い飲み物を自分の方へ寄せた。もう渡さないという態度の表れだろう。確かに飲めるには飲めたが、めちゃくちゃ甘かったのでこちらとしても結構だ。

やはり口直しにはならなかったので、おばちゃんたちの中に失礼して水を入れて席に戻って来た。

「で、方針が何よ？」

スイッチが入ったらしい。意欲的だ。そういう意味では、さっきのも無駄ではないかもな。……いや、絶対無駄だわ。

「神崎が元の生活を送れるようにすることだ。つまりさっき話したことと同じだ」

「まあ、それについては反論はないわよ。問題はそこに至るまでの過程」

「それもそこまで変化はないな。大衆を説得する」

「はあ？　だからそれは琴音がやって無理だったんだから、無理って言ったでしょうが」

「当人が何を言ったって響かないのは当然だ。状況に合わせて、アプローチを変える必要がある」

「状況……？」

「噂《うわさ》を信じていて、尚且《なおか》つそれによって神崎を疎ましく思っているのはどんなやつらだ？」

「まあ、とりあえず整形をよく思ってない人よね」

「ああ。そして、そんな金の力で何とかなるようなもので上の立場にいたことが気に食わない連中……つまり同性の女子生徒だな。男子は正直それに流されてるだけだ。整形でもなんでも、綺麗《きれい》だったり可愛《かわい》かったりすればそれほど問題視しないからな」

「単純ね、男って」

「あくまでも参考は俺だけだが……お前から見てどうだ？　今のを踏まえてみると」

舞浜は現場の声や状況を、ボッチの俺より知っている。そこに当てはめてもらえばいい。

「間違ってはないわね。今日だって女子の方は琴音がいないのをいいことに話題にバンバンあげてたけど、男子はそこまでじゃなかった。……でもそれに何の関係があるのよ？」

「異性には異性をぶつけるのが効果的なんだよ。女子高校生なんてイケメンが『これは事実じゃない』なんて訴えれば、それだけで信じる」

「最低な見方をされたけど、事実っぽいから何も言えないわね」

「だからイケメンに説得してもらう。それも人気者のな」

「俊《しゅん》のことね。他力本願じゃない」

「ほっとけ。ていうかなんで名前呼び？」

「……部活が同じだからよ」

　ぷいっとそっぽを向いた舞浜。その頰《ほお》は若干赤く染まっている。そういうことか。今は人の恋路に踏み入っている時間はないので、どうでもいいが。

　あの超絶イケメン（なんか思い出したら腹立ってきた）ならば神崎と並ぶ人気者で発言力もある。人選的には申し分ないだろう。男的に頼りたくはなかったが、そんなつまらない意地を張っている場合ではないのだ。

「舞浜、水田《みずた》に……頼んでもらえるか？」

「別にいいけど……あんたでも俊は断らないと思うわよ？」

「いきなり神崎に関係ないやつが話に出てきたら驚くし、警戒するだろ。その点神崎と仲がいいお前が行けば違和感はない。同じ部活なんだし、あいつもそれはわかってるだろうからな」

これが情報……よりも実は優先していた協力者が必要だった理由だ。相手チームである俺の様子の変化にいち早く気づくくらいの勘の良さ。あまり相手にしたくない。

「わかった。それくらいなら、やるわ」

「助かる」

顔見知りに加え、信頼を寄せている相手だ。こいつも断る理由がなかったのだろう。

「にしてもあんた、琴音のことが好きでしょ？　こんなに一生懸命になって取り組むなんて、そうとしか考えられない」

「……言っただろ。客観的に見て、扱いの変化が気に入らなかっただけだって」

「まあ、何でもいいけどね〜」

こいつも意外と勘が良かったらしい。まあ、これで問題は解決に向かってこいつとは関わらなくなるからどうだっていいのだが。

…………………♥………………

次の日の放課後。俺と舞浜は再び同じサイゼにいた。

というのも——水田に頼みを断られてしまったらしいのだ。

「お前……何怒らせるようなことしてんだよ……」

「はあ？　あたしは悪くないわよ！　メールだと誠意が伝わらないかな……と思って今日の昼休みに直訴しに行ったんだから！」

「あ、ああ……そうか、悪い」

意外だ。根は真面目なのかな？

「……それで、どんな風に断られた？」

「えーっと……『今回はまだ不確定要素が多いから、そんなすぐに庇《かば》うことは難しいかな。……もう少しこっちで情報を集めてみるよ』って」

声真似《まね》お上手……。

「不確定要素が多い……ってあいつ神崎のこと整形してるって疑ってるのか？」

「落ち着いてよ。確かにあたしも『ん？』って思ったけど、それは琴音サイドに傾いてるから。俊は人気者であるが故に、常に俯瞰《ふかん》で状況を捉えて話さないといけないんだよ」

「一理あるっちゃあるけど……少し肩入れしてないか？」

「気のせいよ」

「まあどうでもいいんだけどな」

それよりも厄介なことになった。

神崎は熱を理由に今日も学校を休んだ。しかし直に罪悪感や使命感を感じて欠席することをやめるだろう。そしてまた普段通りの生活を送ろうとするはずだ。作戦を練る、なんて言っていたがそんな回りくどいことはせず、愚直にも真正面から反応も返ってこない相手にわざわざ話しかけて、無理矢理《むりやり》笑顔を作って振舞うのだ。

——そんな神崎は見たくないし、そんなつらいであろう振舞いをさせたくない。

だからできれば、神崎がこうして学校を休んでいる今、誤解を解いて場を整えてあげたかった。水田に頼めばそれも可能だと思い込んでいたのだが……。

ボッチには知りえない環境が、トップカーストの彼の前には広がっているのだ。

情報を集めると言っても、俯瞰の立場の彼が片方に傾くだけのものをこの数日で見つけることは期待できない。

故に別の方法だ。

水田を待つという手段はない。その間、神崎が苦しむなんて俺には堪えられないから。

「——と、言ってもなー……」

「その様子だと、ほかに策はなさそうね。ま、イレギュラーだしそういうこともあるか。

——あ、すいません。バニラアイスを二つお願いします」

「かしこまりました」

机に突っ伏しながら厨房《ちゅうぼう》に戻っていく店員さんの背中を見送る。

「……二つ？　お前、今二つって言ったよな？」

「そうだけど？」

黒い飲み物をストローで吸い上げながら表情を乱さずに頷《うなず》いた舞浜。……またそれ飲んでんのかよ。ちなみに今日のコーヒーは普通にコーヒーだった。

あのダークマターの味から推測するに舞浜は甘党。今バニラアイスを二つ頼んだのも頷ける。

「甘いのが好きなことは否定しないけど、二つはやめとけ。太るぞ」

「な！　女子高生に向かって太るとはデリカシーがない！　一つはあんたのよ！」

「俺の……？」

食べたいなどと言った記憶はないのだが。

「糖分補給は大事でしょ。特にあんたはあたしたちの中枢機関なんだからちゃんととらなきゃ……まあ、二人だけの機関だけど」

「……神崎防衛隊みたいな感じか？」

「何そのセンスダッサ」

容赦ねえ……。五歳児たちをリスペクトしただけなのに。

「でも俺、基本的に甘いもん食えないぞ？」

「そこは苦手でも黙っておくのが正解よ。……バニラアイスならコーヒーかけたら食べれると思うから、安心しなさい」

「かける？　コーヒーをアイスに？」

そんなことしたら店主にぶん殴られそうじゃない？　いや、ここサイゼなんだけどさ。

「ほんとにファミレス知らないのね。定番中の定番よ。できればホットが理想だけど……まあ、アイスでも問題ないと思うわ。苦いんだし」

「へー」

しばらくして届いたバニラアイスを二人して頬張《ほおば》る。

どちらも黒い液体……ってそれはかけちゃアウトだろ。甘さの暴力だぞ。

向かいに座る超甘党の行動に驚愕《きょうがく》しながら、俺も言われた通りにコーヒーをかけて口に運ぶ。……美味《うま》い。これは確かに食べられる絶妙な甘さだ。コーヒーゼリーのほかに食べられるデザートができた。これはおやつの時間にサイゼに毎日通い詰めてしまうかもしれない。幸い家近くの北与野にもあるし。

暇だったので何か手掛かりはないかと、掲示板の例のスレッドを遡りながら眺めていた。

「それにしても……俊が断ったのはちょっと意外だったんだよね」

「……どういうことだ？」

「いや、先週末にサッカー部は小さな大会があったんだけどね、優勝したの」

「おーめでと」

適当に返事をする。興味ないし。

「……感じ悪。それで試合が終わってみんなで騒いでた時に、琴音と俊が二人きりでどっか行っちゃって。しばらくすると別々に戻って来たんだよ。お互いに何か特別そうな雰囲気を纏《まと》ってたからそっちの線をみんなで疑ってたの。だからてっきり琴音に関してのことだし、二つ返事かなと昼休みに行ったらこのざまよ」

「……なぜそれを最初に言わない。結構重要項目じゃねえか！」

「断られたことの動揺で忘れてたのよ！　それをあたしが注文したバニラアイスの糖分のおかげで思い出したんだから自業自得で責めなくてもいいじゃない！」

「その自業自得に俺は含まれてない。業だけなんだよ」

「……仕方ないでしょ。あんまり思い出したくないことだったから」

「……そうか」

恋心を抱いているならそれもそうだ。実際俺もそれを聞いてちょっともやっとはした。

罪悪感を覚えつつ頭を落ち着かせるためにコーヒーを纏ったバニラアイスを体内に入れ

る。冷たくて柔らかい触感が、コーヒーの微《かす》かな香りと共に口の中に広がっていく。

「確かにそうかもな。仮にも好き……告白した相手に協力は惜しまないはずだ」

好き、の部分で睨《にら》みが飛んできたのですぐに訂正した。しかし十分ではなかったらしい。

「あの二人よ？　正直どっちが告白したのか、結果がどうとかわからなくない？」

「……水田が告白して神崎が断った、だろ」

「偉く食いつくじゃない。……私としてはそもそも告白じゃないとも思うけど」

ここで互いの願望にも似たことを口にしても状況は一転しない。咳《せき》ばらいをしてスマホを取り出した。めんどくせえなぁ俺たち。

「掲示板、詳しく見てみるか」

「いいかもね。何か手掛かりが眠ってるかもしれないし」

「どうせなら最初からだな」

片手でアイスを口に運びつつ、無の感情でひたすら件《くだん》のスレッドを遡る。しかし意外と早く最下段に差し掛かった。

「……ん？　連続投稿だな、最初の二つ」

俺の呟《つぶや》きに舞浜も反応し、画面を覗《のぞ》いてくる。ええい、髪が鬱陶しいな。

「ほんとだ。ていうかこいつが犯人……でいいんだよね？」

「ああ。嘘《うそ》の噂《うわさ》をバラまいた張本人だ」

目の前にいるのに手は決して届くことがないのが少しもどかしい。

「何が目的なのかわかる？」

「神崎を孤立させることなんじゃないか？　シンプルに」

実際そうなってしまっているし。

「それこそ何のためによ？」

「大抵こういうのは同性からの僻《ひが》みだ。感情的な理由だから、たちが悪いっちゃ悪い」

「みんながこの噂を鵜呑《うの》みにしちゃったのも、琴音に対して少なからずそういう感情があったからなのかもね」

「そんなの今更だ。自分の持たないものを欲しがるっていうのは誰にだってあるだろ」

欲ばっかりは他人ではどうしようもできない。本人が上手《うま》く向き合っていくしかないものだ。そこを責めたところで事態が好転するわけじゃない。

「まあ、今回の犯人はそういう感情的なタイプじゃなさそうだがな」

「言い切ったわね。どうして？」

「ほら、二つ目の投稿見てみろ」

一緒に画面を覗くのは何かと支障があるので、舞浜の目の前に俺のスマホを差し出した。

「えーっと何々……『神崎の所属事務所に目を付けられるのも面倒なので、各種ＳＮＳへの拡散は禁止』」

「感情的なタイプが制限なんて設けないだろ。むしろ拡散しろなんて思うはずだ」

「確かに。でもそうなると、ちゃんとした目的があるってことでしょ？　この犯人には」

「そういうことになるな」

そしてその理由とは別にもう一つ、この犯人について気になることがある。

こんな投稿で拡散することに対して釘《くぎ》を刺したところで無意味だ。ネット上は匿名の空間。忠告を素直に聞く輩《やから》がいるはずがない。

それに犯人は拡散を過度に恐れているようだが、所詮一学校掲示板がソースの情報。ネットが普及した今、改めてそんな不確かなものに関心を向けられることはないだろう。たとえ神崎がこの学校では人気者だとしても、世間的に見れば大勢いる美人な学生モデルの一人程度の認識でしかないのだ。

問題は、今挙げた二つのことを一瞬でも忘れるくらいに犯人はこの噂が広まる範囲を学校に絞り込むことに執着したということだ。そこに付け入るスキがあるような気がした。

万が一にも対応ができるように手が届くところに置きたい、なんていうのも噂のようなものには通用しない。というか、それならわざわざ嘘をネットに書くことはしないだろう。

「ねえ」

舞浜の呼びかけに顔を上げる。その瞳は自らの立場を慮《おもんぱか》っているやつととても同じには見えないくらい、真剣で頼もしいものだ。

「もう一回だけ、俊に頼んでみる。やっぱりあいつだけだと思うから。この状況で、学校を動かせるのは。みんなを説得できるのは」

「ああわかった。ならそっちは……待てよ？」

「何か思いついたの？」

舞浜が言う通り、水田ならこの現状をどうにかできる。水田だけが、丸く収めることができる。でもそれは……逆に交渉の材料にすることも可能だ。俺たちが縋《すが》ったように、ある人物にとっては頼らざるを得ない対象なのが水田だ。学校という小さな環境の中だけの話なら、彼が唯一噂をどうにかできるから。

「なあ、舞浜」

「何よ？」

「例の大会、行われたのは土日の日中か？」

「そうだけど、それがどうかした？」

スマホの画面に表示された、すべての始まりとなった投稿。そこに記されている日時は日曜の夜だ。

「ちょっとな。んで、またお前に頼みがあるんだが……いいか？」

「琴音のためになるなら全然いいわよ。……そうなんでしょ？」

黙って首肯したあと、肝心の内容を告げた。

「ラブレターを書いてくれ、水田に」

「は、はあああああ!? ちょ、それって……告白しろってこと？」

「あ、別に普通の手紙でもいいぞ。ただあいつを呼び出して欲しいだけだ」

「よし、ぶん殴る」


……………………♥……………………


次の日の放課後。俺は屋上に向かっていた。……舞浜を率いて。正しくは勝手についてきてるだけなんだけども。

「なんで付いてくんだよ。お前の役目は終わったんだけど」

階段をのぼりながら後方の舞浜にしっしっと手を振る。

「はあ？　この状況を作ったのはあたしなんだけど。ていうか、結局あんたが頼むのね。

俊に直接」

「まあな。お前じゃ心配だし」

「どういう意味よ！　一度失敗してるからって言いたいわけ？」

「まあでも来るなら……屋上には出ないで扉に耳でもくっつけてろ」

「なんでよ？」

「お前が出てきたらわざわざ偽の手紙を使って回りくどい方法を取った意味がないだろ。ていうか中枢機関は俺なんだ。指示には絶対服従」

「うわむかつく。……わかったわよ」

舞浜が影になって見えないことを確認して、屋上に続くドアを開けた。今回は鍵を持ってきたのは俺ではない。

「やあ、凛……って君は確か」

屋上。ドアを開け出てきた俺を見て水田は目を丸くした。

「ドッジボールの時は世話になった。B組の篠宮誠司《しのみやせいじ》だ」

「何ともなさそうで何よりだよ。僕はC組の水田俊。よろしく」

知ってる。あと微笑《ほほえ》みが眩《まぶ》しい。

「それで、僕は凛――舞浜に話があるってことでここに呼び出されたんだけど……篠宮は何か知ってる？」

「あの手紙、実は俺が書かせた」

向かいの水田の眉がピクリと反応した。

「……どうしてそんなことを？」

「俺が話したいなんて言っても応じてくれないと思ったからな」

「そんなことないよ。教室とかに来てくれれば、僕だって話を聞いたよ？」

さわやかな笑みと共に語る水田。

こいつなら実際そうしてくれたであろうことが予想できるが、俺はこうして二人きりで話したかったのだ。

周りの生徒により人気者に格上げされた水田ではなく、一人の人間、一人の生徒としての水田。……まあ、扉の向こうには部外者が一名いるんだけど。

「それで、聞きたいことって何かな？」

「単刀直入に聞く。――例の神崎の噂。投稿したのは水田、お前だよな？」

――ガタッ。

入り口の方で物音が聞こえた。……動揺しすぎ。だから来るなって言ったのに。

扉の向こうのやつに届くように大きく咳ばらいをして、目の前の美形を見据える。

予想通り、その端整な顔立ちは歪《ゆが》み一つ見せていない。……くそ、なんかキラキラしてんじゃねえ。

「僕が犯人か。あはは、おもしろいね。でも残念なことに違う。あんなことしてもメリットなんてないからね」

「確かに普通の人にとってあんなことをしても何の生産性もない。でもサッカー部の仲がいいやつに聞いたんだよ」

もちろんはったり。仲がいいやつなんていない。しかし、内容が事実ならそれがすべてだ。

「二人――お前と神崎が、大会が終わった日曜日に部員たちの集まりから、こっそり抜けたのを見たって。告白でもしたのか？」

これに関しては事実かどうか、舞浜と二人で話しても結論は出なかった。というよりもお互いの私情が混じって、なかなか話が進まなかったという方が正しいのだが。

「そっか……見られちゃってたのか。なんか恥ずかしいね。――そうだよ。告白をして、残念なことに振られました」

そして水田はあははと軽く、若干恥ずかしそうに笑う。事実が明らかになったな。また鈍い音が入り口付近からしたが気のせいだろう。

これを何の気兼ねもなく認めたのはそうしたところで、自分の危惧する展開にはならないだろうと思っているからだろう。その証拠に今度は水田の方から口を開いてきた。

「まさか……それで逆恨みでやったということに、君の中ではなってるのかな?」

静かに首を横に振った。

人間、自分が疑われている状況でも、事実なら易々《やすやす》と自信満々に告げられる。それも己の口から進んで。

故に逆恨みではない。それは俺もわかっている。

「ただ、気になる点が一つある」

「何かな?」

「仮にも神崎のことが好きで告白したんなら、舞浜の頼みを一考もせずに聞き入れたと思うんだが」

これは舞浜も感じていたこと。告白をしたことを認めたこの状況であれば、武器として有効活用が可能だ。

「……君も関わってたんだね、あれ」

少し表情が曇る。本人が気づいているかどうかは、定かではないが。

「それなら断った理由も知っているだろうに。僕は——」

「あれを断ったことに関して、二つの見方ができる。一つはお前の言った通り、百パーセント事実とは証明ができないから。──そしてもう一つ、そもそも問題を解決したくないから」

「………………」

明らかな動揺。それが水田の顔に表れた。

問題をなぜ解決したくないのか。それは神崎をこの状況に落とし込み、困らせることが目的だから。しかしそれが逆恨みでないとすれば──。

水田が噂《うわさ》の効力を、どちらの方向にも自在に操れるとすれば──。

「神崎に自分が犯人であることを告げ、フォローすることを脅しに付き合おうと迫るためにこの、神崎が周りに虐げられる状況を作り出す投稿をしたんだよな？」

これが今回の事件の真相。すべてこいつが裏で仕組んだことだったのだ。それは水田の様子の変化で確信へと変わりつつあった。

「はあ……。──そうだよ、俺がやった」

一オクターブほど声が低くなった。顔に張り付いていた笑顔はなく、代わりにめんどくさそうな表情を浮かべている。……思ってたよりもだな。

途端に勢いよく、入り口のドアが開かれた。

「――俊、それは本当なの……？」

鬼気迫る勢いで俺の横を通り過ぎて、水田の元に向かった舞浜。その声には否定をしてくれとの訴えが込められている気がした。もうそんな気は起きないのか、その期待を裏切りたかったのか水田は呆《あき》れた様子で、

「凛……そうだよ。俺が今回のことを扇動した、犯人だ」

隠すことなく自分がお前の敵なのだと告げた。

「そ、そんな……！　う、嘘《うそ》だよね？」

「この場で嘘をつく意味はない」

あまりにもあっさりとした否定《こうてい》に膝から崩れ落ちる舞浜。

そりゃあ、昨日まで本気で頼りにしていた部活で親しかったやつに、恋心を抱いていた相手に裏切られたのだ。これくらいにはなる。……だから、ついてきて欲しくなかったんだよ。

犯人がわかった。特定など不可能だと思った犯人が。故に何でもさせることができる。自白でも謝罪でも、いくら彼がこの場にいる俺たち以外には人気者に見えているのだとしても、これがある限りさせることはできる。

――その余裕故だろうか。こんな質問をしたのは。

「どうして神崎に告白をしたんだ？」

「……篠宮？」

屋上での作戦会議を提案した時のような、何言ってんのという舞浜の顔。

その時は意味が取れなかったが、今はわかる。

告白なんて、感情論——好きだからというのに決まっている。

しかしだ。いくら恋人になってもらうためとは言っても、その対象を傷つけるやり方を迷わずとることはできまい。でもこいつはとった。そこの根本にあるものを知りたい、と読書家のめんどくさい面が発動してしまったのだ。

「見事な推理を披露してくれたんだ。教えてやるよ。ただ、単純すぎて拍子抜けするかもな」

ニヒルに笑い、一瞬舞浜に視線を向けた後水田は続ける。

「あいつはモデルもやってて人気者だろ？　彼女にすれば今よりも学校での立場が確実なものになると思ったからだ」

「今よりも……って今でも十分——」

「人気はな、いくつあっても、どれだけあっても困らない。むしろ満たされないからこそ、求め続けなきゃいけないんだよ……！　この学校という環境においてはなおさらな！」

舞浜の言葉を遮り、感情を込め力強く主張した水田。まさか神崎の立場を利用するためとはな。これもまた噂を学校という小さな箱庭の中に閉じ込めることに執心したわけだろう。すべてが思惑通りに行った後、目的でもあるそのモデルとしての立場が消えていないように。

そのおかげで、こうしてこいつの元にたどり着いたというのは皮肉なもんだ。

——俺とは真逆の思想。

人気者という立場をこれほどかというほど渇望している。それを否定する気はない。こちらから訊《き》いておいて、「それは間違ってる!」なんていうのは横暴そのものだし、人には人の考えがあるから。神崎が皆の理想に応えることも、水田が人気を欲することも俺にはそれに対してとやかく言う権利はないのである。

——でも、許せるか許せないかは別問題だ。

「お前が人気を欲しているのも、それがなぜかって理由も正直どうでもいい。俺はそんなもの欲したことはないからな。でもそれを達成するために、他のやつ——神崎を巻き込んでんじゃねえ」

正面の水田を睨《にら》む。ここで胸倉の一つでも摑《つか》めば様になったのだろうが、俺には出来ないことだ。昔から感情を表に出すのは苦手だったし。

「ふん、それでなんだ？　謝れ、自白しろとでも言うのか？　言っとくが、今ので確信したぞ。お前と神崎が特別な関係だったことが。今まで俺が知らなかったたってことは隠したってこと。そして隠すということはバレたくないってことだ。——それらを要求するならばらす」

　思った通り、やはり勘がいい。この少しの時間で勘づくか。

　こいつが謝罪や自白をここまで頑《かたく》なに拒絶するのは、行った結果、欲している人気とは対照的なものが自分に降り注ぐことを恐れているから。つまりこいつは、人気がなくなることは何としても避けたいと思っている。

　そして俺が目的としているのは神崎が元の生活を取り戻すこと。

　幸か不幸か、これらは共存ができてしまう。

「相互利益でいこう。舞浜の頼みの通り、お前が『この噂は事実じゃない』と全校の女子生徒に訴えろ」

「相互利益って何なのかわかってんのか？」

「ああ。それをすれば、人気が下がることがないし、よくて『庇《かば》ってあげるなんて優しい』とかいう感情を煽《あお》って人気が上がる」

　そしてこちらの当初の目的通り、神崎に対する負のイメージも払拭され生活も元に戻る。

感情を抜きにすれば、立派なウィンウィンだ。

「お前の利益は俺が現状維持を選んだ場合、なくなるがどうする？」

繰り返すが、あくまでもこいつが避けたいのは人気が下がること。停滞もまたこいつのとれる行動の一つだ。

――そんなことをさせるつもりはない。

「このスマホには、この屋上でのやり取りが一部始終録音されてる。お前の本性をいつでもばらせるがどうする？」

今まで減りを知らなかったスマホのストレージに、動画が追加された瞬間である。どうせなら神崎の写真を第一号にしたかったが、その神崎のためだ。事務的なものになってしまっても文句はない。

虚を衝《つ》かれた顔をするイケメンには安心していただこう。

「これは今回っきりの脅し材料だ。提案したことをやってもらえれば、これからは神崎に関わらないことを約束してくれるなら、消す」

「……地味に増やしてんじゃねえ。――本当なんだな？」

「これぱっかりは信じてもらうしかないが――嘘をつく気はない」

自分史上最高の真剣度で水田の目を捉える。その時間約十秒。彼はふっと目を逸《そ》らし扉

の方——こちらに向かってくる。そしてすれ違いざまに、

「呑《の》んでやる。その条件」

と呟《つぶや》き屋上を後にした。これで本当に、解決だよな。安堵《あんど》のため息をつく前に、励ましてやらねばならないやつがいる。

「まあ、あれだ。思いを伝える前でよかったんじゃないのか？」

「……何勝手に勘違いしてんのよ。別に好きとかじゃなかったし」

「泣いてもいいぞ？　録画しといてやるから」

「誰があんたの前で泣くかっての！　ていうか最低よ、それ！」

スカートについたほこりを払いつつ、舞浜は立ち上がった。そして見慣れた勝気な表情でこっちを振り返る。

「あんたこそ、そんな最強の交渉材料があるのにどうして謝罪させなかったのよ！　琴音を貶《おとし》めた張本人だったのよ！」

「そんなの自己満足でしかないだろ。今回の使い方が一番賢明な選択だった」

「私には損してるようにしか思えないんだけどね！　ていうか、そうまでして秘密にしたかった琴音との特別な関係って何なわけ？　もしかして——」

「俺が、というより妹だな。実は神崎は俺の妹の勉強を見てくれてるんだ」

「……別に秘密にする理由なくない？」

「妹に聞いてくれ。俺は知らん」

「……まあ、そういうことにしてあげるわよ。功労者。にしてもなんか拍子抜け。余裕そうに誰かさんが一人の力で解決しちゃったこともあってか」

どうやらうまく切り抜けられたらしい。美玖には感謝しなきゃな。帰りにうまい棒でも買ってってやる。財政難は深刻であります。

「お前は馬鹿か。さっきのやり取りに自分の名前が何回登場したと思ってる」

「伏せて一回！　実名で二回よ！　あんたの口からは！」

なんで数えてんだよ……暇人通り越してただのめんどくさいやつ。ていうか数よりあるかないかで判断しろよ。

「少なくとも、その時点で俺が一人で解決してないことは証明されてるはずだ。……お前がいなかったら、この結果になってない」

結果頼ろうとしていた箇所以外でも、手を借りてしまっている。水田が犯人であることを疑ったのも、こいつの一言からだ。その事実には感謝するしかない。

「……そ」

「それよりお前……部活どうすんの？」

水田の本性を知ってしまった以上、移るほかないだろう。ていうか移らなかったらあいつの方が直々にこいつに手を下しそうな気がする。あの人気への執着は、さすがの俺でも呆れを通り越してひく。

「琴音に本性伝えて、適当に同じところにでも転がり込むわよ。所詮俊目当てで入った部活だし。皮肉なことにね。……琴音を巻き込んじゃったのは残念だけど」

「面食いかよ」

「女子高校生ってそんなもんよ」

「なるほどな。……文芸部の枠、空《あ》いてるけど来るか？」

願ってもない大チャンスが俺の前に運よく転がってきた。神様素敵。もうクソじじいとか呼びません。

「その言い草的にあんたが部長？」

「ああ。あともう一人――」

「追加の情報なんていらないわよ。あんたと同じ部活とか無理無理」

「……そうかよ」

なんとなくこうなる気はしてた。もう天に見放されちゃってるんじゃないの、俺。

「あれ、あんた的にはショックだった？　ごめんね〜？　気遣ってあげられなくて」

「よくよく考えたら俺もお前との部活は無理だったから、そんな心配はいらねえよ」

「何その言い方むかつく」

「お互い様だ」

どうにもこいつとは馬が合わない。そのことをずっと不思議に思っていたが、こいつも一応トップカーストに分類される生徒だ。対照的な存在がこうなるのは自然の摂理であったことを、久方ぶりに実感した。……あいつとも決着つけなきゃな。

暦上では既に春なのに、冬を思い起こさせる冷たい風が、セーター越しに吹きつけた。

# エピローグ

次の日。水田《みずた》が宣言通りにあの噂《うわさ》を全面的に否定したこともあって、神崎《かんざき》の学校生活も取り巻く環境も元に戻った。それを証明するかのように、三日間の欠席を経てクラスに顔を出した神崎をクラスメイト全員が歓迎したことに、本人が一番動揺していたのが記憶に新しい。あんな間抜けな表情、クラスで見せたことは一度もないだろう。

「――こんなの書けたんだ」

時刻は昼休み。部室の入り口から姿を見せた神崎は、手紙を顔の横に掲げた。

「招待状だ。粋な計らいだろ」

「イタイよね」

「……こうでもしないと来ないかと思ってな」

「どうだっただろうね。わかんないや」

にこりと笑って部室に足を踏み入れた神崎。三日ぶりだからか、その可憐《かれん》な笑顔をしっかりと眺めてしまう。

「さ、それより説明してもらおっか？」

「何を？」

「とぼけないでよ。……どうせ篠宮《しのみや》くんが動いてくれたんでしょ？　あれだけ言っても一人で動いちゃうとか。せめてどういうことをしたのかくらいは聞かないと気が済まないよ」

窓際まで歩みを進め、結構真剣な顔で振り返った神崎。何か勘違いをしてるようだ。

「俺をそんなにボッチにしたいのかよ、お前は」

「いや、実際そうじゃん」

そうでした。言葉のチョイスを間違えた。

「さすがの俺でも今回の事態を一人じゃ収拾できない」

「……じゃあそもそも篠宮くんじゃないってこと？」

「……俺が誰かと協力したって線はお前の中にはねえのかよ」

「いやいやいや、あるわけないじゃん。困ってる時に頼り方がわからなくて結局一人で進めようとするしかなくなるのが篠宮くんだもん」

「確かにそうだ。少なくともあの時まではな」

椅子から立ち上がって神崎と正面で向かい合う。

「あの時、俺が困ってるのを見かねて神崎は手伝って、隣に寄り添ってくれただろ？　それも人に頼れなかったことを見抜いたうえで。あんなこと、お前が初めてだったんだ。だから自然とお前には頼ることができて、気づけば今回みたく、一人ではやれなかったことを誰かの力を借りてやり遂げられるようになってた。お前と一緒にいて変われたんだ」

思えば、こんなことを話す機会はなかった。だから、少しだけこの状況に感謝している部分もあるっちゃある。理性的に、認めるのは困難なものだったが。——それでも、俺の変化は神崎ありきのものだということを知ってもらいたかったから。

「……そっか」

「ああ。そんで一つ、伝えたいことがある」

唾を飲み込む。拳を強く握りしめ、やがて力を抜いた。そして目の前できょとんとした顔をしている神崎に向かってこう言ってやるのだ。

「——好きです。俺と付き合ってください」

「…………………え？」

「……何その反応。仮にも一世一代の告白を聞いたやつのじゃねえだろ」

すごい温度差を感じる。結露が出来るレベルだ。北極と南極って二倍もの気温差があるらしいよ！　あと、俺がそれを言うな。

「え……今の返答？」

「違う違う。──普通今の流れで告白なんて飛んでくると思わないでしょうが⁉　だ、だいたい私、電話越しでふ……振ったんだよ？　篠宮くんのこと。なのに告白？」

「俺は理不尽が嫌いなんだよ。あっさりした説明だけであんな一方的に別れられたって合意するわけないだろ」

人気者の姿に期待して、そうでない可能性が出てくれば勝手に失望して距離を置くやつら。友達だからと都合のいい時だけ関係を振りかざし、無理を迫る連中。実績があるからと、他者を排斥することに躊躇《ちゅうちょ》がない輩《やから》。

──ふざけんな。てめえらの都合のために生きてるわけじゃない。

「ていうか俺からしたら、呼び方変えられただけだし。でもお前が関係を振り出しに戻した気でいるから……だからまた最初からだ」

「でも私……薄っぺらいんだよ？」

「……いや、まあ、確かにボインとかではないと思うけど」

「ふふ、たまにはきつめのお仕置きが必要かもね」

「突然『三国志』を本棚から抜き取るなよ！　ていうか今のはそういう意味なんじゃない

「いやいやいや」

のか⁉」

「……違うよ。篠宮くんが否定してる、裏切ることを許容された関係のこと。今回でわかったでしょ？　私もそんな都合のいい人たちの一人でしか――」

「それは違う。どちらかと言えば、お前はそういうやつらに巻き込まれただけだ。振り回されただけだ。お前自体が、なんてことはない」

「でも、みんなの理想でいる私って、中身がないと一緒だから」

「お前は他人の要望に応えてるだけだ。それも自分の意志で。流されるような、薄っぺらいやつなんかじゃない。だから俺はすごいと思ったんだよ、お前のことが」

神崎は俺の訴えにも似た言葉に目を丸くし、そして微笑んだ。

「……さっきの最初からってやつ。まるで受け入れられることは確定してるみたいな言い方だね？」

本調子に戻ってくれたのはいいが、早速指摘が痛い。

「あー……違うのか？　――おっと」

倒れこんできた神崎を抱きとめる。華奢《きゃしゃ》な体は俺の腕の中にすっぽりと、収まった。

「――私、めんどくさいよ？」

「知ってる。……ていうかそれは俺も」

「──めちゃくちゃ甘えるよ？」

「むしろ願ったり叶《かな》ったりだ」

誰もが認める美少女なわけだし。それを嫌がる男は多分いないんじゃなかろうか。

「──大好きだよ、篠宮」

「……それはどうも」

至近距離から見上げてくるその顔に慌てて視線を逸《そ》らす。

「……そんでお前は、人気者の神崎はこれからどうするんだ？　周りとの関係」

「うーん……ちゃんとみんなと向き合って、表面的な付き合いから密度の濃いものにしていくかな」

「……正直ひく答え」

「なんでよ⁉」

「でも、そこでその選択が出てくるのは神崎らしいと思う」

普通ならば、誰とも距離を取るはずだ。彼らの負の側面を知っただけでなく、実際にそれが牙をむいて襲い掛かって来たのだから。それでもなお、向き合うと。神崎はそう言ってのけた。避けるのではなく、今後同じことを起こさないように努めると。まあ、みんなの理想ならこれが当然なのかもな。

「私らしい……か。まあ、オアシスが復活したからこそできることでもあるけどね。あとずっと気になってたんだけど、なんで私が理想を演じてるってわかったの？」

「単純だ。みんなの理想なんて都合のいいもの、本当にあるわけがないからな」

そういう意味では水田についても、あのイケメンな面とは違う面を持っていることをなんとなく最初から疑っていた。……正直あんなダークとは思わなかったけど。あれはリアルパンドラの箱だな。希望が残るだけ、神話上のそれの方がマシかもしれない。

「現実主義の篠宮らしいね」

「こっちからも一つ。俺が人に頼るやり方がわからないことを最初から知ってたみたいだが……なんでだ？」

「そんなの単純。篠宮のことずっと見てたからだよ。文化祭のあの日より前からね」

神崎はそう言って笑うと、腕から離れた。……今のはどう捉えるのが正解なのか。あまり深くは考えないでおこう。

「じゃあ私、教室戻るよ」

「え、ここで食わないのか？　招待状の意味ないんだけど」

「今日はクラスの子から熱烈なオファーをいただきまして」

「……俺の優先順位はどうせ低いだろうよ」

「拗《す》ねないの、ただでさえめんどくさいんだから。だいたいこれ、『昼休みに文芸部で待ってる』としか書かれてないから昼食の招待状とは言わないと思うんだけど」

「そんなの、まるで縁がないんだから知る由がないだろ」

友達の誕生日パーティーなど、俺にとっては夢物語でしかない。呼ばれたら行ったんだけどなぁ。

「つまりかっこつけただけかー……。まあ一日くらいいいじゃん。たまには変化も必要だよ？」

なんて言って神崎は軽やかな足取りで部室を後にした。と思えば顔だけを入り口からひょっこり出して、

「またあとでね」

と言葉を残し、にこりと笑顔を浮かべて今度こそ、ここから去っていった。改まってなんだよ。俺が午後の授業バックレるとでも思ってんのか？　誠に心外である。

・・・・・・・・・・・・・・・・♥・・・・・・・・・・・・・・・・・・

放課後を迎えた俺は安堵《あんど》で心を満たしつつ、部室に向かっていた。

色々あったが、神崎とよりを戻すことは出来たしその神崎も宣言通り、噂が流れる前の距離感でクラスメイトと接することができ始めている。正直都合がいい連中だよな。神崎がそれを望んでるなら別にいいんだけど。

やはり生活はいつも通りの、何も変化など起きない平和なものが望ましい。

そんなことを考えながら、引き戸を開けた。

「――なんで神崎先輩がここにいるんですか⁉　ここサッカー部じゃないんですけど⁉」

「私の所属部活を知ってるんだ。まあ、それこそ用があるから来たんだけど。……篠宮くんに」

「俺になんだ？　……神崎」

入室した俺を迎えたのは慣れ親しんだ静けさではなく、それとは対照的な喧騒《けんそう》だった。

平和とはこうも脆《もろ》いものなのか。二人の女子生徒が睨《にら》み合うように向き合っている。というかほんとになんで神崎がここにいるの？

状況について行くのがやっとで、声にすら疲弊の色が滲《にじ》んでしまった。

「あ、先輩！　聞いてくださいよ！　この人、部員でもないのに私より先に部室にいたんです！　おかしくないですか？」

「俺的にはお前が俺より早く来てたこともおかしいんだが……どうして神崎はここに？」

少々興奮状態な姫島《ひめじま》を無視して、件《くだん》の神崎に体を向ける。口調こそ柔らかさを意識したが、実際にはこちらを見つめる目を睨んだ。

不用意な接触はできるだけ避けなければならない立場なのを、忘れているんではなかろうか。コンビニの時とは違って偶然を装ってないし。

しかしそんな俺の様子などどこ吹く風。

神崎は微笑《ほほえ》みを浮かべたかと思うと、制服のポケットから何回か折りたたまれたプリントを取り出して広げだした。

「はい、これ。入部届」

「……はい？」

「……廃部のこと、もしかして忘れてるの？」

「あ」

小声で窘《たしな》められ頭から抜け落ちていたものが戻って来た。そういえばこの部活、今は全然平和な状況に置かれてないんだった。俺の頭くらいか、平和なの。

「……いや、サッカー部は兼部できなかったはずだぞ？　多分マネージャーも一緒」

舞浜《まいはま》がともに転部をするとか言っていたが、まだ実行されてない以上こいつはサッカー部のマネージャーでしかない。

当然のごとく渡されたそれを押し返す。しかし神崎は頑《かたく》なにそれを受け取ろうとしない。

「知ってます。だから辞めてきました、サッカー部のマネージャー」

「は？」

返答に呆気《あっけ》に取られていると、突然手を取られ神崎の方に引き寄せられた。気づけば耳元には規則正しいリズムで息が吹きかかっていて、頑なにその唇だけは意識しないようにしても無駄だった。

「——篠宮が頼りにするのは、私だけで十分だよ」

顔を離した神崎が浮かべている笑みに目が奪われる。ただそれも束《つか》の間《ま》だった。

「——ちょっと近づきすぎです！　先輩から離れてください！」

「どっちも先輩だけどね」

「おちょくってるんですか⁉」

神崎のわざとなのかはわからない、挑発するような言葉に見事に食いかかる、俺と神崎の間に割り込んだ姫島。この二人のやり取りを見ていると、スペインの闘牛が頭に浮かんでしまう。余裕綽《よゆうしゃくしゃく》々な神崎の姿はそれが世の道理だと言わんばかりである。……さすがに可哀《かわい》そうだしフォローしてやるか。昔のよしみだし。ていうか神崎も神崎で珍しいな。こんなに特定の誰かに突っかかるなんて。

「落ち着け、姫島。これ以上やっても意味ないぞ？」

むしろやればやるほど傷が増える。こういうカウンタータイプが一番めんどくさいのだ。

「そんなことはわかってるんですけど……」

何か譲れないものがあるのか、言葉とは裏腹になかなか引き下がる姿勢を見せない姫島。

ぐぬぬ……と唸《うな》りながらも、仇敵《きゆうてき》を見据えるような視線を神崎に送っている。こっち側に立ってみると神崎からにじみ出るラスボス感が半端ない。

「……なんでそっちにつくのかな？　篠宮は」

「平等主義者だからな。均衡は保ってなんぼだ」

ていうか「くん」抜いていいのか？　姫島のやつは全然気にかけている様子もないが。

まあ、ただ単にその余裕がないだけだろう。何やら神崎に執心の様子だし。

「そうですそうです」

「俺を盾にして便乗するな」

「ていうかここ二日間何してたんですか？　先輩来ないから勝手に休み扱いにしてましたけど」

「野暮《やぼ》用がな。その判断で問題なかったぞ」

「……部員一人に情を注ぐ部長のどこが平等主義者なの？」

「入部届を糸井《いとい》先生に提出して初めて部員だ。実質まだ部員じゃないぞ、お前」

「あれ、私香純《かすみ》ちゃんに……」

俺の脇から不思議そうな顔が見上げてきた。お前も香純ちゃん呼びなのかよ。俺もどさくさに紛れて呼んでみようか。絶対殺される。

「お前のは俺が出しておいた」

「さっすが先輩。なんだかんだ頼りになる〜」

「……それなら、はい」

「……行けってことね」

差し出された入部届を受け取り、俺は渋々部室を後にする。前例がある以上、拒否ができないのが難しいところだ。

「部に入ることに関しては別にいいんですけど、神崎先輩はラノベのことわかるんですか？」

「誰かさんに『告スペ』を貸してもらったおかげで、興味は持ったよ」

「ほう。なかなかいいご友人をお持ちで。なら語ります？」

「別にいいけど？　ていうか友人じゃないし」

扉越しに聞こえ出す騒がしい二人の声。だからラノベ限定の部活じゃないんだけどここ。

部室とは無縁であった喧騒にため息をこぼしつつ、職員室に向かった。

たとえ同じ部活になったとしても、周りは知らない。

俺と彼女が付き合っていることを。

# あとがき

書籍版からの人は初めまして。ウェブ版から読んでくださっている方はお久しぶりです。作者の七星蛍《ななほしほたる》です。

本作は小説投稿サイト「カクヨム」にて開催されたコンテストで特別賞をいただいた作品を、加筆修正したものです。……九割ほど。きっとウェブ版からの読者さんは困惑されたことでしょう。その違いを少しでも楽しんでいただけたのなら幸いです。

さて、この度は『クラスで一番の彼女、実はボッチの俺の彼女です』を手に取っていただきありがとうございました。ちなみにタイトルの『彼女』は英語の she と girlfriend を掛け合わせたものになってます。今はグローバル社会だからね！

ツイッターのタグにもあるようにラノベのラブコメに流れが来ている昨今ですが、付き合うまでがラブコメという風潮がある中で、恋人関係から始まる本作は新鮮だったのではないかと思います。ボッチのくせに彼女持ちの主人公には、ハイブリッド系主人公の称号を与えたい（流行《はや》れ）。

僕の知る限りラノベのあとがきというのは、ある程度自由が許された空間であるため、残りの数ページ全てを、本作の舞台である埼玉について語ることに使うのもやぶさかではないのですが、一巻（続刊不明）ですので穏便に僕の恋愛観で済ませようと思います。埼玉の方が需要ありそう。

突然ですが、恋人という存在は稀有《けう》なものです。特に高校生ともなると、それ故に「彼女持ち」というステータスが強大化し男子グループの中では絶対的権力を握れるほどになります（個人の意見）。女子グループの方はどうなんですかね。怖いから聞けませんが。

そんな中でその存在を隠すというのは一種の背徳感があると個人的に思うのです。彼女が同じクラスというなら尚更《なおさら》。

普段見せている表情とは違う彼女（彼）。

それを自分だけが知っているという事実。

そういったものに支配された二人きりの時間、というのも恋愛の要素としては魅力的なのではないかと。

こんな高尚な持論を展開した僕に至っては、このあとがきをクリスマスシーズンに一人寂しく書いているので、あとは察してください。コンビニのチキンが美味《おい》しい。

ここからは謝辞を。

まずは担当のK様。

大幅な改稿作業になりましたが、親身になって相談に乗っていただきありがとうございました。おかげで書きたいことを書ききることができたと思います。

ですがあなたは知らないでしょう。僕が締め切りの三日前に全ページを書き直すという暴挙に出たことを。迷惑をかけていないことを祈るばかりです。

次にイラストの万冬《まふゆ》しま様。

僕の拙いキャライメージから、素晴らしいキャラクターを作り、そして描いていただきありがとうございました。あまりの可愛《かわい》さ、可憐《かれん》さにキャラデザを見てベッドの上を転がり、表紙を見て枕に顔をうずめてうごめくほど魅力的な神イラストでした。

表紙の神崎《かんざき》の太ももに一体どれくらいの人がやられたのか。考えるだけ野暮《やぼ》ってもんです。

そしてこの本を出版するにあたり関わってくれたすべての皆様、友人や家族等応援してくれた人たち、並びに再びですがこの本を手に取っていただいた読者様。本当にありがとうございました。

読み終えた感想はお手紙のほかぜひツイッターの方にもお願いします。頑張ってエゴサするので。

それでは、また皆様と会えることを期待して（編集部に熱視線を送りつつ）あとがきを締めたいと思います。

七星　蛍

本書は、2019年にカクヨムで実施された「第4回カクヨムWeb小説コンテスト」で特別賞を受賞した「クラスでボッチの俺の彼女はトップカーストです」を改題・加筆修正したものです。

# クラスで一番《いちばん》の彼女《かのじょ》、実《じつ》はボッチの俺《おれ》の彼女《かのじょ》です


著　七星《ななほし》 蛍《ほたる》

角川スニーカー文庫　22020

2020年２月１日　初版発行

発行者　三坂泰二

発　行　株式会社KADOKAWA
〒102-8177 東京都千代田区富士見2-13-3
電話　0570-002-301（ナビダイヤル）

印刷所　株式会社暁印刷
製本所　株式会社ビルディング・ブックセンター


◇◇◇




Printed in Japan　ISBN 978-4-04-109167-8　C0193



**★ご意見、ご感想をお送りください★**

〒102-8078 東京都千代田区富士見 1-8-19
株式会社KADOKAWA　角川スニーカー文庫編集部気付
「七星 蛍」先生
「万冬しま」先生

# 角川文庫発刊に際して

角川源義

第二次世界大戦の敗北は、軍事力の敗北であった以上に、私たちの若い文化力の敗退であった。私たちの文化が戦争に対して如何に無力であり、単なるあだ花に過ぎなかったかを、私たちは身を以て体験し痛感した。西洋近代文化の摂取にとって、明治以後八十年の歳月は決して短かすぎたとは言えない。にもかかわらず、近代文化の伝統を確立し、自由な批判と柔軟な良識に富む文化層として自らを形成することに私たちは失敗して来た。そしてこれは、各層への文化の普及滲透を任務とする出版人の責任でもあった。

一九四五年以来、私たちは再び振出しに戻り、第一歩から踏み出すことを余儀なくされた。これは大きな不幸ではあるが、反面、これまでの混沌・未熟・歪曲の中にあった我が国の文化に秩序と確たる基礎を齎らすためには絶好の機会でもある。角川書店は、このような祖国の文化的危機にあたり、微力をも顧みず再建の礎石たるべき抱負と決意とをもって出発したが、ここに創立以来の念願を果すべく角川文庫を発刊する。これまで刊行されたあらゆる全集叢書文庫類の長所と短所とを検討し、古今東西の不朽の典籍を、良心的編集のもとに、廉価に、そして書架にふさわしい美本として、多くのひとびとに提供しようとする。しかし私たちは徒らに百科全書的な知識のジレッタントを作ることを目的とせず、あくまで祖国の文化に秩序と再建への道を示し、この文庫を角川書店の栄ある事業として、今後永久に継続発展せしめ、学芸と教養との殿堂として大成せんことを期したい。多くの読書子の愛情ある忠言と支持とによって、この希望と抱負とを完遂せしめられんことを願う。

一九四九年五月三日

WEB発、
サラリーマン×JKの
同居ラブコメディ。
しめさば
イラスト／ぶーた
ひげを剃る。そして女子高生を拾う。
好評発売中！
5年片想いした相手にバッサリ振られた冴えないサラリーマンの吉田。ヤケ酒の帰り道、路上に蹲る女子高生を見つけて——「ヤらせてあげるから泊めて」家出女子高生と、2人きり。秘密の同居生活が始まる。

スニーカー文庫

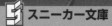

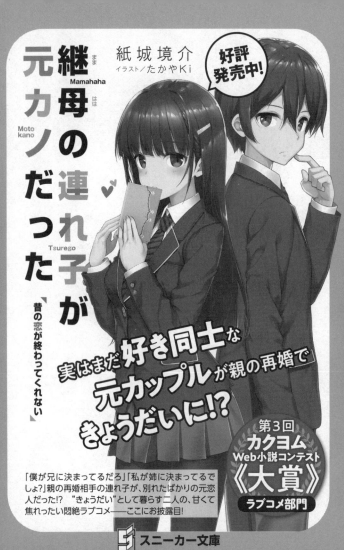